Bu kitabın tamamı veya bir kısmı, yazarın izni olmaksızın herhangi bir yolla kopyalanamaz, çoğaltılamaz, yayımlanamaz veya elektronik bir ortamda dağıtılamaz. Ancak, kaynak gösterilerek kısa alıntılar yapılabilir.
Kitap içeriği, yalnızca okuyucunun bireysel kullanımı için sunulmaktadır. Ticari veya toplu kullanım için yasal izin gerekmektedir.
Her türlü soru ve izin talepleri için yazarın iletişim adresi:
serhatbulut2025@outlook.com
© 2025 Serhat Bulut

ÖNSÖZ

Hayat, birbirine bağlı hikayelerle örülmüş uzun bir yolculuk gibidir. Her adım, her karşılaşma ve her mücadele, bu büyük hikayenin bir parçasını oluşturur. **"Umut Var"**, işte tam da bu yolculuklardan ilham alan bir kitap. Hayatın karmaşıklığını, insanın içsel arayışını ve umudun her zaman bir çıkış yolu sunduğunu anlatan bu eser, okuyucuyu derin bir düşünceye ve duyguya davet ediyor.

Kitap, farklı coğrafyalarda, farklı karakterlerin gözünden insanlık hallerini sunuyor. Kimi zaman bir uçak yolculuğunda yaşanan gizem, kimi zaman geçmişle yüzleşen bir adamın hikayesi ya da barışı arayan yorgun ruhların çabası... Her hikaye, insana dair evrensel bir soruya cevap arıyor: Umut, bize rehberlik edebilir mi?

Yazarken her karakterde kendimden bir parça buldum. Jason'ın yaşamın anlamını arayışında, John'un savaşın izlerini silme çabasında, Ercüment'in fantastik dünyasında ve Mehmet'in dostluk köprülerinde dolaşırken, insan olmanın karmaşık ama bir o kadar da büyüleyici olduğunu bir kez daha anladım.

Bu kitabın ana teması umut. Çünkü her zorluk, içinde bir çözüm taşır. Her karanlık, kendi ışığını bağrında taşır. Ve her hikaye, okuyucunun ruhunda bir yerlere dokunmayı başarırsa, işte o zaman gerçek bir bağ kurulmuş demektir.

"Umut Var", size hem kendi iç yolculuğunuzda bir rehber hem de hayatın anlamına dair bir davetiye sunuyor. Bu kitabı okurken her hikayede kendinizden bir şeyler bulmanızı ve umudun gücüne bir kez daha inanmanızı dilerim. Çünkü her zaman, ne olursa olsun, umut vardır.

Keyifli okumalar dileğiyle,

Serhat Bulut

2025

DAİMA ARAMAK

Kentin yüksek binalarından birinde balkona çıkan adam şehre baktı. Alabildiğine planlı, düzenli bu şehirde her şeyde intizam vardı. Eşi yanına gelerek "Hayırdır bir şey mi oldu?" dedi. Adam "Sıkıldım Rebecca yaşamaktan. Her şeyimiz var; ama neyin eksik olduğunu hala bulabilmiş değilim. Nice matematik problemlerini çözdüm; ama ara ara kendi iç dünyamda yaşadığım bu sıkıntının sebebini çözemedim. Yanlış anlamanı istemem. Sorun ne senden ne ailemizden kaynaklanıyor. Bilemiyorum" dedi.

Rebecca biraz susarak sonra konuştu:

"İstersen dinlen. Belki yaşamın ağır temposu yordu seni. Biliyorsun Amerika'da hayat çok hızlı geçer. Aktüel konular, sosyal medya, Dünya her şey yoruyor bizleri. Kendimizle ilgili olmayan birçok şeyle karşılaşırız. Bu da ruhlarımızı yıpratıyor" dedi.

Jason eşinin söylediklerini dikkate dinlerken bir kavram dikkatini çekti. Ruhların yıpranması...

Jason, eşinin gözlerinin içine bakarak "Ruhların yıpranması olabilir mi?" diye sordu.

"Neden olmasın? Gerçi ruh hakkında fazla malumatımız yok. Beden yıpranır ki ruh can neden yıpranmasın? Haliyle yaşamdan dakikalar düşerken tenden de nice hücre taşları düşmüyor mu? diye yorum yaptı Rebecca.

Jason sanki sorunun kaynağını bulmuş gibiydi. İkisi de binanın aşağısına baktıklarında karanlığın içinden geçen ışıklı araçları, yanıp sönen trafik lambalarını, rengarenk Işıklı dükkan levhalarını, aydınlanan evlerin pencerelerini gördüler. Kentin karanlığını aydınlatmada bu ışıklar ne kadar az kalıyorsa, kendi ruhlarının karanlığını aydınlatmada teselli buldukları bu sözler o kadar yetersizdi.

Jason "Bir şeyler yapmamız lazım. Acı çekiyorum, içim sızlıyor" dedi.

Eşi Jason 'ın durumuna üzülüyordu. Eşiyle birlikte birçok yardım organizasyonuna katılmışlardı. Bu yaşanan çok farklıydı. Jason kötü biri değildi. Tanrıya inanıyor, vatandaşlık ödevlerini yapıyor. Topluma yararlı bir yurttaş olmaya çalışıyordu.

"Bilemiyorum. Uyu istersen" dedi Rebecca.

"Uyku bazen ıstırapları, dinlendirmeye yardımcı oluyordu. Nice trafik kazası, acı veren olaylar sonrasında şoka maruz kalan insanlar uyku ile olayı unutuyordu bir nebze. Ancak bu halde onu uyutmayacaktı.

Bu sırada gökte yanıp sönen ışıklarıyla bir uçak belirdi. uçağın yanıp sönen ışıkları dikkatleri ona çevirdi.

"Seyahat! Hayatım! Seyahat edelim. Rahmetli babam seyahat ilaçtır" derdi dedi Rebecca.

Seyahat iyi bir fikir olabilirdi. Belki de bu ıstırap onları evden çıkarmaya sebep oluyordu. Neticede içteki nice sıkıntılar insanı tetikler, yol aldırır.

Belki de Jason ve Rebecca'yı yola çıkarmak için Tanrı tarafından bu sıkıntı onlara verilmişti.

Jason "Rebecca, belki de Tanrı bizim yolculuk etmemizi istiyor. Gittiğimiz bir yerde hiç beklemediğimiz bir durumla bizleri karşılaştırabilir" dedi.

Rebecca "Tamam. O zaman internetten nereye gideceğimize bakalım" dedi.

Jason "Hayır planlı bir yolculuk olmasın bizim yaptığımız. İstersen birkaç parça eşyanı al. Hemen yola çıkalım" dedi.

Rebecca "Hayatım sen ciddi misin evi toparlamamız..." deyince

Jason "Lütfen! Seni seviyorum. Beni anla bir an önce yola çıkmamız lazım. Canım çok acıyor. benim için..." deyince Rebecca içeriye giderek küçük valize birkaç parça kıyafet koyup evin ışıklarını kapatıp yola çıktılar.

Caddeye inip taksiye bindiler.

Jason, taksiciye "Doğru havaalanına" dedi.

Taksici "Peki! Bayım!" dedi.

Taksi yol alırken gelen bir kamyon taksiye çarptı. Ciddi bir trafik kazası olmuştu. taksinin tam göğsüne çarpan kamyon arka koltuktaki

Rebecca'yı ağır yaralanmıştı. Ambulanslar; taksi şoförü, Jason ve Rebecca'yı hastaneye götürürken Rebacca yolda hayatını kaybetmişti.

Jason yoğun bakımdaydı. Taksici emniyet kemeri taktığı için birkaç kırığı vardı. Jason cihazlar bağlı bir şekilde yatakta yatıyordu.

Jason bir düş gördü. Rüyasında Japonya'da ağaçların çiçek açtığı bir zaman dilimindeydi. Çiçekli ağaçlardan birinin yanına geldiğinde ağacın çiçeklerinin yere döküldüğünü gördü. Aklına Rebacca geldi. Jason gözlerini baygın bir şekilde açtı. Heceleyerek "Re – bec – ca" dedi.

Karşısındaki doktor ve hemşirenin bakışlarından karısının başına kötü bir şey geldiğini anladı. Jason 'ın vücudu o kadar sarsılmıştı ki tekrar uyudu. Tanrı ona uyku nimeti veriyordu. Vücudunun halsizliğini hissetti. Eğer karısı ölmüşse nasıl yapacaktı? Onsuz bir yaşamı düşünemedi yoksa içindeki bu sıkıntı eşinin ölümü ile ilgili mi önceden verilmişti? Her insanda hissikalbelvuku (önsezi) olurdu. Jason derin bir şekilde uyudu. Eğer uyumasaydı, acılara katlanamayacaktı.

Rebecca' yı mezarlığa defnettiler. Jason günler sonra yoğun bakımından tekerlekli sandalye ile çıktı. Jason eşinin bulunduğu mezarlığa gitti. Rebecca Watson. Mezar taşındaki bu yazı onu hüzne boğdu, ağladı.

"Rebecca! Beni bırakıp nereye gittin?" dedi. Acısıyla baş başaydı. Nice insan bu dünyada eşini bırakıp diyar-ı gurbete gitmişti. Sıra ona gelmişti. Milyarlarca insanın yaşadığı duyguları Jason ilk defa hissetmişti. Artık karısı hayatta değildi. Oysa ki ona defaatle "Sen bana Tanrının bu dünyadaki en büyük hediyesisin. Seni çok seviyorum" derdi.

Rebecca artık burada değildi. Yüreğini sadece ölümden sonra diriliş ve Rebecca'in cennete gitme olasılığı fikri teskin etti.

Gün, ağaç yapraklarına ışıklarını gönderirken mezar taşlarının gölgesi uzadı. Güneş birçok cismin gölgesini uzatıyordu. Akşam oluyordu. Jason tekerlekli sandalyesi ile taksiye binerek eve geldi. Evde koltuğuna oturduğunda fotoğraf albümünden Rebecca'nın fotoğraflarına baktı. Acı, ayrılık acısı dilsizdi. Nasıl unutacaktı? Hayatının en güzel günleri Rebecca' yla birlikte geçmişti.

UMUT VAR

Jason kanepesine yaslanıp derin düşüncelere daldı. İşin içinden bir türlü çıkamıyordu. Üstelik birkaç ay tekerlekli sandalyeye de mahkumdu. Bu ağır yükü nasıl kaldırılacaktı? Zihnini silkelemek için televizyonu açtı. Haberler, belgesel derken bir Arap kanalında takılı kaldı gözleri. Görüntüye odaklandı. Görüntünün altında "Oh Lord!" "Ey Allah'ım!" yazıyordu. Ortadaki mabedin etrafında beyaz kıyafetleriyle insanlar dönüyordu. Birden aklına Güneş sistemi ve çekirdeğin etrafında dönen proton ve nötronlar geldi. Evet. Evreni dizayn eden yaratıcı ancak insanlardan böyle bir şey isteyebilirdi. Işığın etrafında dönen gezegenler, merkeze tabi atom parçacıkları... Ve kutsal mabedin etrafında dönen insanlar...

Jason buranın neresi olduğunu merak etti. Ekranın kenarından Mekka/ Mekke yazıyordu. Mekke ne anlama geliyordu? Mekke neredeydi? İnternetten baktığında Mekke'nin Suudi Arabistan'da olduğunu öğrendi. Jason oraya gitmesinin çok zor olduğunu düşündü. Özellikle Orta Doğu terör faaliyetleri ile anılıyordu. Bu konuda birçok haber çıkıyordu. Peki terör faaliyetlerinin olduğu bir coğrafyada farklı kültürde bir çok insan kutsal mabedin etrafında nasıl dönebiliyorlardı? Sorular, sorular...

Jason biraz Rebecca' yı unuttuğunu fark etti. Aman Tanrım! Tanrının kendisine bir yol açtığını düşündü. Öyle ya bunca sıkıntının arasında yaratıcıya ibadet eden insanları gösteren ve "Ey Allah'ım!" yazan bir sözle karşılaşmıştı.

"Ey Allah'ım!" kelimesini düşündü. Tanrıya sesleniş ne kadar hoş acının ıstırabın içerisinde "Ey Allah'ım!" diyebilmek...

"Ey Allah'ım!" "Ey Allah'ım!" İçine bir ümit ışığı doğmuştu. Bu kenti aydınlatan mini minnacık ışıklar gibi değil Yaratıcının var ettiği Güneşin ışığı gibiydi.

Jason:

"Mekke'ye gitmem lazım. Gidemezsem de orayı araştırayım. internetten Mekke'yi araştırırken bir isimle karşılaştı. Prophet Muhammad (asm) . Bu ismi ilk defa görüyordu. Abraham, Michael

Mary, Adam gibi birçok ad görmüştü. Hz. Muhammed faklıydı. İsmi söyledikçe içinin huzurla dolduğunu hissetti. Öyle ya Rebecca ona ruhun yıpranmasından bahsetmişti. Hz. Muhammed (asm) dedikçe ruhunun iyileştiğini hissetti. Kendi kendisine Hz. Muhammed (asm) Hz. Muhammed (asm) demeye başladı.

Internet bu ismi araştırıp hayatını okudu. Hz. Muhammed'in (sav) hayatında Kur'an'ın indiğini öğrendi. Kur'an'ı araştırınca Kur'an'ın ilk sayfası ile karşılaştı ilk cümleyi okuduğunda ayrı bir his yaşadı.

Yaratıcı birçok alemleri yaratandı. Bitkiler, hayvanlar, insanlar ve daha birçok alemi yaratandı ve ona hamd ile başlıyordu ayet.

Jason o an anlatılamayacak hisler yaşadı.

Ne yapacağını bilmiyordu. Allah'a teşekkür etmek istiyor bunu ne şekilde yapacağını bilemiyordu. Ona dua ederek teşekkür etti.

"Allah'ım! Rebecca sana inanıyordu. Onu affet, cennetine koy" diye dua etti.

Jason için hayat yeni bir anlam kazanmıştı. İslam üzerine araştırmalar yaptı. Jason, Allah elbette ki dinini bu zamanda yaşayan insanları da yaratırdı diye düşündü. Onların iyilik yapacağını, insanlığa yararlı işler için uğraştığını, Allah'ı anlatma çabası içinde olan insanlar olduğunu düşündü. Onları bulmalıydı. Bunun için Allah'a dua etti ve Jason da "Aramakla bulunmaz. Bulanlar ancak arayanlardır" sırrı inkişaf etti.

NORMAL

II. Dünya Savaşı bitmişti. İngiliz John İngiltere'ye evine dönmüştü. "Margaret evime döndüm. Eve döndüm" dedi.

John ve Margaret, yıllar sonra torunlara karıştılar. Evlerinin bahçesi genişlemişti. John yaşadığı acı olayların etkisiyle kendini fantastik bir dünyaya salmayı planlıyordu. Zira savaş gören insan, görmeyen insan gibi değildir.

John kurgu dünyasında savaşın acımasızlığını gözler önüne sermeyi planlıyordu. Karanlık bir dünyada acayip mahluklarla dolu bir mekan ve savaş üzerine bir kurgu tasarlıyordu.

John'un torunu Josef dedesini gördü. Dedesinin gözlerinde bir şey dikkatini çekti.

Josef:

"Dede senin gözlerin normal değil" dedi.

John sessizce torununa baktı.

Josef konuşmaya devam etti:

"Dede gözlerin simsiyah, korkutucu" dedi.

Gerçekten de John' un gözleri ürkütücüydü. II.Dünya Savaşı'nda gördükleri kalbinde derin yaralar açmıştı. Bunların tamiri çok zordu. John'un insanlığın geleceği ile ilgili düşüncelerin iyi olması yönündeki kanaati çok cılızdı.

John torununa sadece gülümsedi. Onu ailenin diğer üyeleri ile bir arada bırakarak hava alma bahanesiyle arkadaşı Steve'le buluşmaya gitti.

Arkadaşıyla bir araya geldiklerinde Steve' in bir cinayet romanına başladığını öğrendi. Onun içindeki karanlık daha da bir artmıştı. Neler oluyordu? Şiddete doymayan bir dünyadan yeni çıkmışlardı. O hengameden Dünya Savaşı'ndan çıkan iki insanın yapmayı planladıkları yine şiddet tohumları içeriyordu.

John:

"Steve biz çok kötü insanlarız galiba. Baksana zihin, kalp madenimizden çıkanlara... Yine vahşet" dedi.

Steve:

"Haklısın dostum. Bu bizim günahkar olmamızdan kaynaklanıyor" deyince John "Biz mi günahkarız?" diye sordu.

"Tabii ki. Biz kine doymayan, hırsla daha çok dünyaya dalan, Hz. İsa'nın (as) buyruklarının tersi yönünde yol alan biz değil miyiz?" diye sordu John.

"Tanrı şahit çok doğru. Hz. İsa (as) sevgiyi ön plana alırken; biz şiddeti, nefreti körükledik. Savaşta Avrupa kıtasının fertleri olan bizler tekrar midemizi tıka basa doldurmanın günahkar gibi yemenin peşindeyiz. Korkarım ki Bütün dünya bizim olsa bile bir türlü doymayacağız. Aç gözlülükle Ay ve diğer gezegenleri de zapt etmenin peşine düşeceğiz.

İki arkadaş bir taraftan konuşup bir taraftan yürürlerken ağaç dallarında kuşlar ötüyor, yemyeşil yapraklar, çimenler tabiatın bütün güzelliğini gözler önüne seriyordu. Bu güzellikleri göremeyen, gözleri kurak topraklarda yeşile hasret o kadar insan vardı ki ve bu insanlar bu dünyadan herhangi bir kam almadan göçüp gidiyordu.

"Steve torununum bana normal değilsin" diyor. "Gerçi gözlerime söylüyor ama gözler kalbin aynasıdır. İç dünyamın çirkinliği gözlerime sirayet etti. Ne yapabilirim ki? Torunuma bir cevap da veremedim" dedi.

"John! Tabii ki normal bakman zor ama bu bakışlarda bizim eserimiz. Savaşları biz çıkardık. Kendi kendimize ettik. Cennet gibi dünyayı cehenneme çevirdik. Korkarım ki Tanrı öte tarafta bizi çok şiddetli cezalandırır. Zira onun muhteşem eserlerini kanla, gözyaşıyla kirlettik. Birçok mazlumun ahını almanın yanı sıra gelecek kuşaklara da halen nefret tohumları ekecek saçma sapan işlerle uğraşıyoruz" dedi.

"Kendimden iğreniyorum" deyince John.

"Ben de" dedi Steve ve "Böyle bir medeniyet olur mu?" deyip konuşmasını tamamladı.

İki arkadaş kendilerini iyice kötü hissetmişlerdi. Zahir'de cennet gibi yemyeşil bir yolda yürüyorlardı. Batında ise karanlık bir gayyaya yuvarlanmanın merhalesine an kalmıştı.

John:

UMUT VAR

"Tanrı şahitlik çok pişmanım. Kiliseye gitmek beni rahatlatmıyor. Tanrı mutlaka hata yapan kullarını doğru yola sevk edecek rahmet ışığını dünyaya verir. Bize de onu bulmak düşüyor. Eğer bu Güneş doğuyorsa, kuşlar ötüyorsa Onu anan doğru yolun yolcusu kulları vardır bu dünyada. Çünkü Yaratıcı ıslah olmayacak beldeye azabını gönderiyor. Kıtamızda bir yere yanardağın külleri saçılmamış mı? Demek ki dünyada bir yerlerde Onun razı olduğu amelleri işleyen hoşnutluğunu kazananlar var" dedi.

Bu doğru sözler onları biraz ferahlatmıştı. Karanlık dünyalarından biraz sıyrılmışlardı. Yaratıcıdan bahsetmek gönüllerine inşirah, gözlerine ışık, kulaklarına tatlı bir nağme olmuştu. Onlar da bunun farkına vardılar. Bu hal bile Onun tecellisi değil miydi? Yaratıcı kullarını yalnız bırakmıyordu. Yeter ki kul hatasını anlasın. Bu konuşmalarda biraz nedamet içerdiği suçlarını kabullendikleri hatalarını kabullendikleri için yaptırılmıştı.

Steve "John torunun doğru söylemiş. Normal değil bizim suç tohumları atmak istememiz. Atalarımızdan gelen kötülük tohumlarının acı meyvelerini torunlarımız yememeli. Bunu en azından biz ekmemeliyiz. Cinayet romanından vazgeçtim. Kendimi Yaratıcıya affettirmek için ya sevgi ya da barış öyküleri ile ilgili bir çalışma yapmayı düşünüyorum" dedi.

peki John ne yapacaktı? John İngiltere kıyılarındaki gelgitler gibiydi. Ya barış ya savaş. Kendisi acı yaşamıştı. Bu acıları neden başkası tatsın? Yarın mahşer meydanında Yaratıcıya nasıl hesap verecekti?

John "Steve ben de fantastik çalışmamı bırakıyorum. Barış İyidir İçimdeki karanlığa bu noktada son veriyor. İçime ışığı davet ediyorum. Kulaklarım güzel sözler işitmeli. Gözlerim Yaratanın eserlerini müşahede etmeli. Ayaklarım onun razı olacağı yerlere gitmeli. Şuna inanıyorum. Yaratıcının gönderdiği hakikatler Dünyanın bir yerinde yaşanıyor. Ben yaşayanları bulana kadar araştıracağım. Bulamazsam da en azından Yaratıcının razı olacağı değerleri yaşamaya çalışacağım" dedi.

İki arkadaş sustular. Yeryüzü derin bir nefes aldı. İki insan da olsa Hakka, hakikate ulaşmaya çabalayacaktı. Dağların, denizlerin Yaratıcının eserleri olduğu bilecek, nizamı bozmayacak. İnsanlar arasında da az da olsa barışı tesis edeceklerdi.

John Steve'den ayrılıp eve döndü. Torunu Josef, dedesindeki değişikliği fark etti.

Josef "Dede gözlerine biraz ışık gelmiş" deyince John "Işık, biraz daha ışık" dedi.

HAVADA ELLİ DAKİKA

"Sayın yolcularımız! Uçağımıza hoş geldiniz! Ankara İstanbul seferini yapacağımız uçağımız takriben 11.50 gibi İstanbul'a varması hedefleniyor. Lütfen! Kemerlerinizi çıkarmayınız. Teşekkürler. İyi uçuşlar.

Naci Bey, gazetede yazardı. Başkentte çeşitli görüşmeler yapmış, İstanbul'a dönüyordu. İnternetle birlikte basında da birçok kolaylık yaşanmıştı. İnsanlar birçok habere kısa sürede. ulaşıyordu. Aynı zamanda haber sitelerine haber gönderebiliyorlardı.

Uçak piste ilerlerken titremeye başladı.

Naci Bey uçağın kalkış anında birçok yolcu gibi gerginlik yaşardı. Bu biraz daha emniyet veren yer yüzünden ayrılıştan kaynaklanıyordu. İnsan için yerden düşmekle gökten düşmek bir değildi. En iyisi ayakları yerde olmaktı.

Global kültürde birçok insan popülerliğe kurban gitmiyor mu? İnsanlardan bir insan olmanın değerini hadiseler yaşandıkça anlıyordu, insan.

Naci Bey pencereden dışarı baktı. Kentteki binalar kutu gibiydi. Göğe yükseldikçe daha geniş bir perspektiften gördüğü manzara karşısında insanları düşündü. Bu kente bu kadar insan yaşıyordu ve her biri nefes alıyor, aldıkları nefeslerde oksijen ayrıştırılıyordu. İnsanların görebilmeleri için gözlerine ışık tutuluyordu. O ışığın göze tutulması kadar iç dünyaya tutulması da önemliydi. İşte o iç dünyasına ışık tutulacak bir insan yanında duruyordu.

Fikret Usta, Naci Bey'in yanında oturuyordu. Fikret Usta ayağa kalktı. Koridorda yürümeye başladı. Önce uçağın arka tarafına yürüdü. Daha sonra ön kısmına doğru yürüdü.

Naci Bey Fikret'in yanındaki koltuğa oturmayıp yürümesi karşısında adamı gözleriyle takip etmeye başladı. Tuhaf bir şeyler oluyordu.

Hostes "Bayım yerinizi mi kaybettiniz?" deyince Fikret Bey sustu.

Onun suskunluğu hostesi tedirgin etti. Günümüz insanı komplolara açık bir haldeydi. Zira sürekli olumsuz haber bombardımanından maruz kalıyordu.

İnsanlarda emniyeti, güveni tesis etmek epey müşküldü. Hele ki günümüz dünyasında.

Efendimizin (asm) peygamberliğinden önce Muhammedül Emin (sav) olarak anılması çok önemli bir noktadır. Zira insanlar elinden, dilinden, belinden emin insanların yanında kendilerini daha iyi hissederler ve iç dünyalarındaki inkişafta ancak güven duyulan yerlerde başlar.

Hostes, Fikret beye baktı. Soruyu bir daha sorup cevap alamadığı takdirde alarm durumuna geçecekti.

"Size nasıl yardımcı olabilirim. Yerinizi mi kaybettiniz?" diye sordu.

Fikret Usta ağzını hafif açarak "Ben iyi değilim" dedi ve yığıldı yere.

Uçakta bir panik yaşandı. Yolcuların çoğu yığılan adamın olduğu yere baktı. hostes mutedil olmaya çalışsa da uçağın kaptanına seslendi. "Kaptan bir yolcu bayıldı" Kaptan kameralarda olayı izledi. Kaptan: "Sayın yolcularımız! Lütfen! yerlerinize oturun" anonsuna rağmen yolcular merakla başlarını adama ne olacağını merak ederek bakıyorlardı.

O sırada yolculardan biri koridorda yürüyüp "Ben doktorum. Hastaya bir bakayım" dedi.

Doktor, Fikret Usta'nın yanına gelerek nabzını kontrol etti.

"Nabzı yavaş atıyor" diyerek Fikret Usta' nın gömleğini yavaşça açtı.

Bu sırada Fikret ustanın cebinden birkaç fotoğraf ve katlanmış bir kağıt yere düştü.

Hosteslerden biri yere düşen kağıtları, fotoğrafları topladı. Doktor Fikret Usta'ya kalp masajı yaptı.

Doktorun gelmesiyle yolculardaki tedirginlik azalmıştı ki uçak birden sarsılmaya başladı. Havada dolu yağıyordu. Uçağın kanatlarına, camlarına dolu isabet ediyordu.

Doktor bir taraftan bir yere tutunuyor bir taraftan da hastayı tutuyordu. Hostes koltuklara tutunarak portatif bir sedye getirdi. Fikret ustayı güç bela sedyeye bağladılar.

Dolu yağışı devam ediyordu. Cama isabet eden bir dolu parçası camı çatlatmıştı.

Küçük çocuk "Anne! Cam çatlamış" dedi.

Anne "Hostes hanım! Cam çatlamış" dedi.

Camın kırılması an meselesiydi. Bu durum uçağın irtifa kaybetmesine sebep olabilirdi.

Hostes görevli personele seslendiğinde kaptan uçağı bulutların üzerine çıkardı. Tufandan kurtulmuşlardı; ancak kırık cam tehlike arz ediyordu.

Baygın hastaya ne olacaktı? Uçağın İstanbul'a varmasına otuz dakika vardı. Naci Bey hadiseleri izliyor, olaya vakıf olmaya çalışıyordu.

İnsanlar ne kadar dikkat ederse etsin daima bir pürüz, hiç beklenmedik gelişmeler olabilirdi.

Güneş her gün doğuyor akşam batıyordu; ama hayat sabah iş akşam ev şeklinde geçmiyordu. Hayat bazen sakin sular bazen de dağdağalı dalgalardan oluşuyordu. Kim bilir çıkan fırtınalar güneşli günlerin değerini anlamamız içindi. Belki de mis gibi çiçeklerin baharın kokusunu arada çıkan çöl kumları fırtınaları değerler üstü değerlere taşıyordu. Kıymetini bilin diyordu.

Fikret Usta yarı baygın gözlerini açarak "Böcek, böcekten kurtarın beni" dedi.

Hostes böcek kelimesini duyunca irkildi. Oldum olası bazı insanlar böceklerden korkar, çevrelerinde istemezlerdi. Bu biraz da temizliğe düşkün olmalarından mı kaynaklanıyordu? Olabilir.

Doktor "Bayım! Böcek nerede?" diye sordu.

Fikret Usta göz ucuyla kalbini gösterdi. Doktor oraya az önce Kalp masajı yapmıştı orada bir böcek yoktu. Doktor eliyle kalbin sol tarafını yokladı. Eline metal bir şey deyince çekti. Doktor irkilmişti. Gerçekten de adamın sol tarafında bir şeyler vardı. Gömlek kıpırdadı. Gömleğin altından çıkan altı bacaklı bir böcek koridorda yürümeye başladı.

İşte o an Naci Bey gazetesini kaptığı gibi böceğin üzerine atıldı. Böceğin üzerini gazeteyle örttü. Yalnız bu büyüklükte bir böcek bir yolcuyla beraber uçağa nasıl gelmişti?

Naci Bey böceğin güçlü kaslarını hissetti. Naci Bey hostese seslenerek "Saklama kutusu getirin" dedi.

Hostes koşarak saklama kutusu getirdi. Bu esnada böcek bulunduğu yerde metal keskisiyle zemini kesmeye başlıyordu.

Böceği saklama kutusunun içine nasıl koyacaklardı?

Böcek alt bölümü kesmiş kargo bölümüne düşmüştü.

Naci bey, hostesle konuşup birlikte Kargo bölümüne gittiler. Burada birçok yolcunun eşyaları ve evcil hayvanlar vardı. Evcil hayvanlardan olan bir köpeğin havlama sesiyle böceğin yerini tespit ettiler. Böcekle göz göze gelmişlerdi. Tam o anda Fikret Usta geldi.

Fikret Usta "Sonunda uluslararası bir çetenin göğsüme yerleştirdiği böcekten kurtuldum. Bu böcek de bir çip var. Çipin içerisinde çok gizli bilgiler var. Çipi almamız lazım. Çipteki bilgilerin ne olduğunu sonra anlatırım" dedi.

Naci bey "Peki, böceği nasıl ele geçireceğiz?" diye sordu.

Fikret Usta bize asitik özelliği olan kurutucu yapıya sahip..." deyince Doktor Fikret ustanın neden bahsettiğini anladı. Küçük bir çocukken babası onlara limondan elektrik üretmişti. Limonun küçük bir ampulü yakacak kadar elektrik üreten bir yapısı vardı.

Hostes limon getirerek böceğin kıskaçlarını etkisiz hale getirdiler.

Bu sırada ciddi bir sarsıntı oldu. Uçak irtifa kaybediyordu. Kırık cam çatlamış içeri hava dolmaya başlamıştı.

Fikret Usta böcekteki çipi aldı. Böceği kırık camın olduğu yere yapıştırdılar. Uçak ciddi bir riskten kurtuldu.

Peki Fikret Usta'nın cebindeki kağıtlar neredeydi? Çipte neler vardı? İstanbul'a varmaya on beş dakika kalmıştı. Bu kadar koşuşturma, heyecan, telaş neden yaşanmıştı? Bu soruların cevabı Fikret ustadaydı.

Fikret Usta'nın makul, mantıklı nasıl bir açıklama yapacaktı? İşte gazeteci Naci Bey haberin merkezindeydi. Bu aralar ülkede müthiş bir durgunluk vardı. Haberler hemen hemen aynıydı. Çünkü bir kesim deva ile değil hastalıkla uğraşıyorlardı. Hastalığın adeta destanını yazıyor, efsane gibi anlatıyorlardı. Trafik kazalarında şu kadar yaralı diyor, hız diyor, şoför hatası diyor; diyor, diyor, diyor... Sanki kazalar, kötü olaylar, olmasa biz olmayız der gibi bir yaşantı vardı. Oysa ki her şeyin bir çözümü vardı. Yaşam kalitemiz artabilir, daha güzel daha iyi bir dünya için el ele verilebilirdi. Bu biz olmalıyız.

Havalimanındaki kule "Son durumunuz nedir?" diye sordu.

Kaptan "Göstergelerde hafif bir sapma var. Uçakta bayılan biri oldu. Şu an çözemediğimiz bir hadise daha var. Emniyet birimlerine haber verin" dedi.

"Tamam. Her türlü ihtimale karşı pisti boşaltmaya çalışıyoruz. Tarihi yarımadanın üzerinde bir tur attıktan sonra inişe geçebilirsiniz"

Kaptan "Tamam" dedi.

Fikret Usta "Uluslararası bir çete ile mücadele halindeydik. Bu çete birkaç asırlık. Ben çeteye ait bilgileri bu çipe yükledim. Bu çipteki bilgilerde ülkemizin doğusunda ve kuzey tarafında yer alan bir denizde geleceğin yakıt teknolojisi olarak kullanılabilecek sıvı yakıt nehirlerinin akış yerlerini gösteriyor. Yerin altında aynen yeryüzündeki gibi muazzam nehirler dolaşıyor. Şu ana kadar kimse bunu tespit edememişti.

Gazeteci Naci Bey gözleri açık, Fikret ustayı dinliyordu ki;

"Sayın yolcularımız! Lütfen! Koltuklarınıza oturup emniyet kemerlerinizi bağlayın. Birazdan inişe geçeceğiz" anonsu yapıldı.

Naci Bey Fikret Usta'ya "Yerimize oturalım. Konuşmanıza orada devam edersiniz" dedi.

Fikret Usta, Naci Beyle tanıştı. Onun gazeteci olduğunu öğrenince "Senin yardımına ihtiyacım var. Her ülkenin geleceği için çalışan vatansever insanları vardır. Bunlar ortalarda görünmez, perde arkasında çalışırlar. Muhtemelen havaalanında beni bekliyorlar. Karşı tarafta bu çipi takip edebilirler, uydudan. Bu çipi sana vereceğim. Buradaki bilgileri insanımızla paylaş. Şu an çok büyük tehlike altındayız" dedi.

"Peki sen ne yapacaksın?"

"Onlar böceği uydu vasıtasıyla yönetip kalbime sıvı bir madde enjekte ederek acı veriyorlardı. Koridorda yürümem ondan kaynaklandı. Dolunun yağması böceğin aldığı sinyalleri bozdu. Böcek sinyale kapalı kaldı ve kurtuldum. Şimdi seninle vedalaşacağım. Bir daha beni görmen çok zor; ama bil ki dünyanın bir yerinde barış adına bir adım atılıp, müşküller hal oluyorsa oradaki insanlara yardımcı ol. Bizler barışın temsilcileri olmalıyız. Yeryüzü iki büyük cihan savaşında milyon insanı kaybetti. Dualarınıza ihtiyacım var" dedi.

Fikret Usta, Naci ve doktora selam verip koridorun sonuna geçti. Uçağın görevlileri bir yerlere tutunmuşlardı.

Görevli Fikret Usta' ya "Bayım! Lütfen yerinize oturun" dedi.

Fikret Bey koridorun çıkışında kaybolup gitti.

Uçak titremeye başladı. Kaptan uçağı indirme ile uğraştığı için Fikret Usta' yı takip edemedi. Fikret Usta kargo bölümünden uçağın teker kısmına, oradan da havaalanının altındaki tünellerden izini kaybettirmişti.

Bu arada birçok polis aracı uçağın etrafını sardı. Aynı zamanda çete üyeleri de sinyalleri takip ediyordu. Naci Bey onlardan nasıl kurtulacaktı?

Naci Bey "Nasıl oldu bütün bunlar?" dedi kendi kendine.

Süreç çok çabuk işlemiş. Birden kendini bir maceranın içinde bulmuştu; ancak hayatın gerçek macera film ve romanlarından bir farkı vardı. Hayat gerçek, onlar ise hayaldi. insanlar filmde arabaları hızlı sürüp iki teker üzerinde götürerek eğlenebilirlerdi. Gerçek hayatta ise insan alın teriyle aldığı aracını maceraya sürükleyemezdi.

Naci Bey "Çipi bilgisayara yüklesem mi? yoksa kargodaki evcil hayvanlardan birine iliştirsem hayvanı burada salsak o evine gider. Ben de evin sahibiyle kedinin veya köpeğin gelmesini beklerim" dedi kendi kendine.

Naci Bey "Neler düşünüyorum böyle?"deyip çözüm yolu bulmaya çalıştı.

Bu sırada uçak köprüye yanaşmıştı. Köprüde polisler yolcuları bekliyordu. Yolcular bavullarını alıp uçağa çıkış kapısına doğru yöneldiler.

Naci Bey ara ara kendini macera filmlerindeki gibi hissetti. Bu sırada uçağın penceresinden dışarı bakınca polislerin arama yaptıklarını gördü. Fikret ustayı arıyorlardı. Oysa o çoktan kayıplara karışmıştı.

Naci bey "Pardon! Pardon!" diyerek koridordan çıkış kapısına geldi. Az ötedeki polisleri gördü. Polisler kimlik kontrolü ve arama yapıyorlardı.

Naci Bey polislere yaklaşarak "Gazeteciyim. sarı basın kartım var. Neler oluyor?" diye sordu.

Polisler "Bir ihbar var. Uluslararası aranan bir ajanı arıyoruz" dedi.

Naci Bey "Ajan mı?" dedi.

Fikret, kendini Vatansever olarak tanıtmıştı. Oysa polisler ajan diyordu. Gerçek çipteki bilgilerde saklıydı.

Naci Bey polislere gerekli açıklamaları yapıp oradan ayrıldı; ancak kendisini uluslararası çete uydu üzerinden takip ediyordu.

İki adam Naci Bey'e yaklaştılar. Naci Bey hissikalbelvuku ile adamların geldiğini hissetti. Adımlarını sıklaştırdı. Adamlar peşi sıra gitmeye başladılar.

Adamlar kargaşa çıktığı takdirde havaalanındaki birçok polisin de işin içine gireceğini düşünerek dikkat ediyorlardı.

Naci Bey de bu tür durumlarda masumlara zarar gelebileceğini ki -böyle toplu bir alanda- hemen buradan uzaklaşmayı düşünerek bir taksiye bindi.

Büyük bir kovalamaca başladı. Naci Bey İstanbul trafiğinde izini kaybettireceğini düşünerek taksinin arka koltuğunda laptopunu açarak çipi yerleştirdi. Çipteki veriler bilgisayara yüklenmeye başladı. Bu sırada adamlar takibe devam ediyorlardı. Naci Bey bilgileri yükleyince taksinin ücretini ödeyip boğaz köprüsünün giriş kapısında taksiye durmasını söyledi.

Taksi şoförü "Bu çok tehlikeli" demesine rağmen aşağı indi ve çok seri bir halde karşı yola geçerek bir taksiyi daha durdurdu. Taksiye binip kendisini takip eden insanların tam ters istikametinde yol almaya başladı.

Bu sırada takside şu sözler duyuluyordu:
"Hayatına adadın iyiliğe,
kanatsız bir meleksin gönlümde,
dua ediyorum senden ayrıldığımdan beri,
taşıyorum sendeki güzellikleri,
bir gün mahşerde toplanacak bütün insanlar,
günahkarlar ve iyilik yapanlar,
umut ediyorum dostun olur azaptan kurtulanlar...
Taksideki radyoda okunan bu şiir Naci Beyi üniversite yıllarına götürdü. Ne güzel arkadaşlıkları vardı.

Bu sırada telefon çaldı. Naci Bey ekrana baktı. Arayan eşi Melahat hanımdı.

Melahat Hanım "Naci İstanbul'a vardın mı?" diye sordu.

Naci Bey "Allah'a şükür sağ salim vardım. Yoldayım" diyerek eşiyle vedalaştı.

Şimdi çipi ne yapmalıydı? Çip uzaydaki bir uyduya sinyal gönderiyordu. Denize bir ekmeğin hamurunun içinde atsa balık onu yutar. Belki adamlar bulamazdı. Çipin sinyalini kesmeliydi; ama nasıl?

Çipi kırmaya karar verdi. Çipi kırdı ve eve vardı.

Melahat Hanım eşini çok iyi tanırdı. Naci Bey deki farklılığı hemen sezdi.

"Hayatım bir problem yok değil mi? diye sordu Melahat Hanım.

Naci Bey kadınların fıtratlarından dolayı her problemin anlatılmaması gerektiğini bildiği için "Her şey yoluna girer inşallah" dedi.

Naci Bey, merakla bilgisayarı açıp içindeki bilgileri öğrenmek istiyordu. Fikret Usta'nın cebinden çıkan fotoğraflar ve kağıt geldi Naci Bey' in aklına. Elini cebine atınca onları buldu.

UMUT VAR

Fotoğraflarda renkli birçok taş vardı. Kağıdı açınca bir adresle karşılaştı. Florya Caddesi Lale Apartmanı No 34 Adrese gitmeyi düşündü.

Bilgisayarı açınca dünyaya yağmakta olan demir cevherlerinin takip ettiği yollar, denizin altındaki gizli araştırma laboratuvarlarının koordinatları ve Dünya'ya en yakın gezegende tespit edilen yeni tür yakıt ile ilgili bilgiler vardı.

Bu birçok dosyadan sadece bir tanesindeki bilgiydi. Biraz dinlendikten sonra kağıttaki adrese gitmeye karar verdi. Cadde üzerindeki adrese gelince "Fikret Usta" deyince kapı açıldı. Naci Bey, kendisini tanıttı. Adresi nasıl bulduğunu anlatınca Naci Bey'i dev bir kapalı salona götürdüler.

Burası yerin altında yapılmıştı. İçeride dev bir parıldayan küre vardı. Adının İbrahim olduğunu söyleyen bir kişi Naci Bey' i karşılayıp "Sır saklayacağınıza inanarak size çok gizli bir araştırmadan bahsetmek istiyoruz. Bu gördüğünüz zaman küresi" dedi.

Naci Bey şaşırmıştı.

"Zaman küresi mi?

"Evet. Sizden laptopunuzu almayı rica ediyorum"

İbrahim Bey laptopu aldı ve konuşmaya devam etti:

"Naci Bey, evrende tesadüfe tesadüf edilmez. Sizinle karşılaşmamızda bir hikmet var. Prensibimiz yeryüzü emanetçileri olarak barışı tesis etmektir. Bunu ancak yeni gelen nesil de yapabileceğimize inanıyoruz. İnsana, insanın eğitimine yapılan yatırım geleceğe, barışa yapılan yaptırımdır. Yeryüzünde çok savaşlar oldu. Artık güven bahçeleri olan mekanlar yapalım istiyoruz. Dünyanın çevre eğitimi, sağlık sorunlarına; Hintli, Çinli, Arap, batılı hep beraber çözümler üretelim istiyoruz" dedi.

Konuşmalar baldan tatlıydı.

Naci Bey anladı ki tanıştığı insanlar iyilikte yarış yapan insanlardı.

"Hepimizin güvenliği açısından sizleri bir yolculuğa çıkartacağız. Evet. Bu yaşadıklarımızı kısmi olarak hatırlayacaksınız. Buna riayet eder misiniz?"

Naci bey "Tabii" dedikten sonra zaman küresinde gözlerini kapattı. Etrafında ışıklar saçılıyordu. Kulağına gelen şu sesle gözlerini açtı. "Sayın yolcularımız! Uçağımıza Hoş geldiniz!"

Aman Allah'ım! Aynı uçaktaydı. Zamanda yolculuk yapmıştı. Naci Bey, başını çevirince Fikret ustayı gördü. Fikret ustaya yardım etmesi gerektiğini biliyordu.

Kabin görevlisine "Bir parça limon alabilir miyim?" diye rica etti.

Kabin görevlisi limonu getirince Fikret Usta'daki böceği çıkardılar. Naci Bey verdiği sözü hatırladı. Aslında röportaj yapmak için geldiği bu yerde büyük hadiseler yaşanıyordu. Gelecek kuşaklar için, geleceği aydınlatmak için maneviyatı diri tutmak gerekiyordu. Naci Bey, Fikret Usta'ya moral verdi. Zira yaşadıkları Fikret ustayı karamsarlığa düşürmüştü.

Naci Bey, Fikret Usta'ya "Yolda; gül görmek de var, diken de. Azimli ve umutlu olmalıyız" diyerek konuşmasına devam ederken uçak havada uçmaya devam ediyordu.

Naci Bey, yol boyunca Fikret Usta' ya güzel sözler söyledi.

Naci Bey:

"Ne nidbin ol (çok iyimser), ne bedbin ol (çok kötümser) hakikatbin ol" diyerek Fikret Usta ile vedalaştı.

Naci Bey kararını vermişti. Orman yangınına düşen bir yağmur damlası olacaktı. Bütün dünya yağmurdan sonraki gül bahçelerini bekliyordu ve güller gonca'daydı goncaların açılması da yakın çok yakındı.

IŞIK KILIÇLI ADAM (Tür: Fantastik)

Yemyeşil bir vadinin içinde ışıktan bir kılıç ve yanında on -on bir yaşlarında bir çocukla koşar adım yürürken gördüm onu.

UMUT VAR

Çocuğun adı Ercüment'ti. Kısaca ona "Ercü" derlerdi. Kulaklarına kadar inen saçları vardı. Üzerinde Ceylan derisinden bir elbise vardı. Adamın adı ise Muzaffer'di. Nereye gidiyorlardı? İşte bunu ben de merak ediyordum.

Muzaffer Ercü'ye dönerek "Korkma ve Üzülme... Her şeyin yoluna gireceğine dair bir umut var içimde. Bu umut yüreğimizde varsa umut var demektir. Yeter ki inanıp teslim olalım. Hikayemizi yarım bırakmama gayreti içerisinde olalım. Nice iş vardır ki sonuçsuz kalması ustanın kendini işi yaparken gayretini yenilemeden yoksun kalmasından dolayı yarım kalmıştır. Şu önümüzdeki tepeye varınca hatırlat sana bir hikaye anlatacağım" dedi

Adamın elindeki ışık kılıç yollarını aydınlatıyordu; ancak karanlık belirgin bir şekilde artmaya başlamıştı. Siyah bütün renkleri emiyordu. Sadece beyaz direniyordu.

Kahramanlarımızın arkalarında kara bir duman tabakası pençelerini açtı ve ürkütücü bir çığlık attı. Bu çığlık genelde avını şoke etmek için atılırdı.

Muzaffer başını önce göğe sonra arkaya çevirerek elindeki kılıcı karanlık kütleye yöneltti. Karanlık kütle tarumar oldu.

Muzaffer ve Ercüment, önündeki kayalıkları çıkmaya başladı. İkisi de biliyordu ki bu çığlık diğer karanlık dumanlara bir seslenişti. Tıpkı kurt sürüsü gibi bir kurt büyük bir avla karşılaşıp onunla baş edemeyeceğini anladığı zaman sürüdeki diğer kurtlara ulayarak mesaj verir.

Muzaffer:

"Sıkı tutun. Tepeye varınca dinleneceğiz" dedi.

Muzaffer elini bir taş parçasına atmıştı ki birden büyük bir ağız belirdi. belki tuttu taş parçası bir dişmiş toprak yiyen isimli bir canavar ikisini de yuttu. Bu canavar topraktan oluşuyordu.

Muzaffer:

"Ercüment nasılsın?" dedi.

"İyiyim. Ne oldu?" diye sordu.

Muzaffer:

"Galiba topraktan bir canavar bizi yuttu. Buradan bir çıkış yolu bulmamız lazım. Neticede ağzı olan bir şeyin kulağı da vardır. Konuşan, yiyen dinler ve işitir de" dedi.

Işık kılıcı çevirince bir tünel gördüler. Burası canavarın kulağına giden yoldu. Güç bela kulaktan dışarı çıktılar.

Muzaffer ve Ercüment dışarı çıktıklarında tepeye vardılar. Tepede çok büyük ve kuru dallara sahip bir ağaç vardı.

Muzaffer:

"Geceyi burada geçireceğiz" dedi.

Muzaffer pelerinini çıkararak kılıcın üzerine örttü.

Ercüment:

"Tepeye varınca bir hikaye anlatacağını söylemiştin" dedi.

Muzaffer:

"Evet. Uyumadan önce sana iki oduncunun hikayesini anlatayım. İki oduncu varmış. Birinci oduncu daha çok çalışmasına rağmen, diğer oduncudan daha az ağaç kesince sormuş:

"Ben senden daha çok çalışmama rağmen neden daha az ağaç kestim?"

Diğer oduncu:

"Ağaçları kestikten sonra dinlenirken baltamı biliyordum. Böylelikle senden daha çok ağaç kesmiş oldum" demiş.

Ercüment:

"Çok güzel bir hikaye. Allah rahatlık versin" deyip uyudu.

Ercüment, başka bir alemdeydi artık. Epey hareketli geçen bu heyecanlı yolculukta dinlenmek için gözlerini kapatıp rüyalar alemine açtığında bir karaca gördü.

Büyük bir salonda bir karaca kendisine bakarak:

"Altın tepeler tehlikede. Kaybedecek zamanınız yok. Bir gün bile çok geç" deyince Ercüment heyecanla gözlerini açtı.

"Gökte gördüğü yıldızlar karaca şeklindeydi adeta "Bir gün bile geç" diyordu kendisine.

UMUT VAR

Ercüment, sağına soluna baktı. Muzaffer yoktu. Ercüment ayağa kalktı. Çevreyi dolandı. Geri dönüp ağaca baktığında devasa ağacın iri dallarından birinde Muzaffer' i gördü.

Muzaffer, daldan kendisine bakıyordu. Muzaffer parmağını ağzına götürerek sessiz olmasını istiyordu.

Ercüment, ağacın dallarına baktığında devasa yarasalar gördü. Yarasalar karanlık birer yaprak gibi ağacın dallarındaydılar.

Muzaffer, usulca Ercüment' in yanına geldi. Onun kulağına "Dikkatli olmalıyız. Derin ve sessiz akan bir nehir gibi buradan ayrılmalıyız. Toprak, çürümüş ve kuru şeyleri yutar. Toprağın bizi yutması gösteriyor ki toprak beni aydınlatın diyor. Yeteri kadar beslenemiyorum. Günümüz dünyasında petrokimya tüketimi çok olduğu için toprakta gıdasız kaldı. Tıpkı ağzına emzik verilen bir bebek gibi petrokimyevi ürünler ağzına tıkanıyor. Bu da onu rahatsız ediyor" dedi.

Ercüment:

"Ağaçların dökülen yaprakları toprağa besler. Bu ağacın yaprakları yarasalardan oluşuyor" dedi.

Muzaffer:

"Yarasaların çok olması da şunu gösteriyor: Buradaki petrokimyevi ürünler üreten fabrikalar havada kalın bir duman tabakası oluşturuyor. Bu da karanlığı arttırıyor" dedi.

"Rüya gördüm"

Muzaffer sessizce "Rüya mı?" dedi.

"Evet bir rüya gördüm. Anlatayım" diyerek rüyasını anlatacakken bir öksürük sesi duydular. Bu öksürük sesi bir İhtiyara aitti.

Muzaffer yarasaların kendisine saldıracağından endişe ederek bir an önce ihtiyar adamın yanına gidip onu uyarmak istedi.

Muzaffer "Ercüment rüyanı mutlaka dinleyelim. Önce şu ihtiyar adamın yanına gidip yarasalar konusunda uyaralım" dedi.

İhtiyar adam daha kuvvetli öksürmüştü ve ağaç dallarındaki yarasalar da bir kıpırdama oldu.

Muzaffer "Her şey için artık çok geç. Koş!" dedi.

Birlikte ihtiyar adama doğru koşmaya başladılar. İhtiyar adamın öksürükleri devam ediyordu. Yarasalar kanatlanmış havada pike yaparak saldırıya geçmişlerdi.

Muzaffer, Ercüment' in kolundan tutarak ihtiyar adamın yanına varınca ışık kılıcını çıkardı. Işık kılıcı göğe doğru ışıklar saçarak yarasaları dört bir tarafa savurdu. Kılıç ışık yayıyordu. Tıpkı kalemler gibi bazı kalemler de ilim yazarak cehaletin dehşetengiz mağluplarını def ederler. Hakiki ilim vahşeti önler.

İhtiyar yerde uzanmış, hapşırmıştı. Muzaffer pelerini yere sererek içine ihtiyar adamı aldı ve üstünü örttü.

İhtiyar "Sağ olun evlatlar" dedi.

İhtiyar, öksürmeye devam etti.

İhtiyar adam "Hastalıklı vücudum gibi hayatımda da virüsler oldu. İleride açılan hayat kitabının bazı sayfalarını okumaya mecalim yokken daha bu dünyada gün sayfalarına yazdığım yazıları birçok insan okudu. Varlığından haberdar oldu. Oysa öyle pişmanım ki yazdıklarımdan. Hayat sayfası da okuduğun bir kitap sayfası gibi... Hayat sayfasına yazdıkların artık silinmez. Yırtıp atsan diğer sayfalar arasında yokluğu hemen belli olur, yaksan bir türlü. Hasılı bugün sayfasında düne ait yaprakları okuyup kederlenmenin de bir anlamı yok. Çaresiz kaldım. Derdimi kime anlatayım. Bilemem" dedi.

İhtiyarın bu hali Muzaffer ve Ercüment' i üzdü.

Muzaffer "Önce senin bu hastalıktan kurtarmak için sıcak bir şeyler içmen lazım" dedi.

Muzaffer ve Ercüment, ateş yakarak su ısıttılar. İhtiyar adama tepedeki otlardan hazırladıkları bir çorbayı içirdiler. Bu arada yavaş yavaş gün ışımaya başlamıştı çok uzak bir tepenin eteklerinde çok büyük bir ordunun çadır kurduklarını gördüler.

Ordu konaklıyordu. Bu ordu ne ordusuydu? Ne yapmayı amaçlıyordu?

Muzaffer ufka dikkatli bakınca birkaç kişinin toz bulutu bırakarak kendi yönlerine doğru geldiklerini müşahede etti.

UMUT VAR

Muhtemelen yarasaları uzaklaştırmak için kılıçtan çıkan ışıkları fark etmiş olmalılardı gelenler. Dost mu? Düşman mı bilinmezdi? ihtiyatlı olmak gerekiyordu.

İhtiyar adam çorba için de biraz kendine gelmişti. İhtiyarın sağlığında düzelme olsa da hayatıyla ilgili muhasebedeki hataları nasıl düzelteceklerdi?

Önce kendilerine doğru gelenlerden korunacak bir yere sığınmaları gerekiyordu. Gelenler iri köpeklere binmiş kendilerine doğru geliyordu. Vahşi köpekler bir taraftan iç gıcık dereceye sesler çıkararak gittikçe yaklaşıyorlardı.

Muzaffer ihtiyarı sırtına alarak "Haydi bir çözüm buldum. İnşallah işe yarar" dedi.

Hep birlikte toprak yiyen canavarın olduğu tarafa gittiler. Gelenlerin seslerinden anlaşıldığı kadarıyla iyi niyetle gelmedikleri belliydi. Gelenler tuzağa düştüler ve toprak yiyen onları bir lokmada yedi. içlerinden bir tanesini yakaladılar.

"Geç ordusunun askeriyim. Altın tepeleri istila etmeye gidiyoruz. Orada her şeyi yakıp yıkacağız. Öfkemizin büyüklüğü kadar bir ateş yakacağız" dedi.

Ercüment "Altın tepeler mi? Rüyada bir karaca altın tepeler tehlikede bir gün bile çok geç" dedi.

Muzaffer askeri serbest bıraktı. Asker gerisin geriye gitti.

Muzaffer "Acele etmeliyiz. Altın tepelerine bir an önce varmalıyız. Geç ordusu askeri tozu dumana katarak birliğine dönmeye çalışırken Muzaffer yaşlı adama bakarak "Altın tepelerini korumaya gitmek istiyoruz. Bizim de gelmek ister misiniz? diye sordu.

İhtiyar adam "Aslında ununu elemiş eleğini de asmış adam gibi benim halim. Belki de Yaradan bir fırsat veriyor bana. Günahlarıma, hatalarıma kefaret olabilir bir beklenmedik yolculuk olacak bu benim için" dedi.

Muzaffer "Evet. Netice olarak ne diyorsun? Konuşman muğlak kaldı. Sadece vaziyeti anlattın. Niyetini belli etmedin" dedi.

ihtiyar adam "Gelmek istiyorum. Benim gibi bir fani sizlere yük olmasın. Sizler gibi koşamam, yol alamam. Sizden fazla uyur, sizlere yük olurum" dedi.

Muzaffer "Bedenin yükü ruhun yükü yanında nedir ki? Nice küçük bedenler dağ gibi yükü taşıyacak çelik irade ile donanmıştır" dedi.

İhtiyar Adamın Ölümü

İhtiyar adam Muzaffer'i dikkatle dinledi.

ihtiyar adam "Genç adam hem güzel konuştun hem de güzel kelimeler kurdun. Uzun yolculuklar küçük iradelerle aşılamaz. Gel git yaşayan bir deniz akan koca bir ırmak kadar nebatı sulamaz. Akışta bir tatlılık vardır. Irmak uzun yolun yolcusu olduğu için ona çemeni çiçeği sulama görevi verilmiştir. Bu vazifesini yaparken bir taraftan bu güzel manzaraları görerek ruhu şad olur. Bunu Kızılderili ve bazı milletler anlar. Manaya kafalı ruhlar anlamaz ve göremez" dedi ve öksürdü.

Hafiften bir rüzgar esti. Savrulduğu yerdeki birkaç kurumuş yaprak...

Gök grileşmiş, maviliğini yitirmişti. İnsanın iç dünyasını görmesini isteyen sırlı bir aynaya dönmüştü. İşte bu aynada ihtiyar kendini gördü.

İhtiyar adam, konuşmasına devam ederek "Kahramanlık insanın ruh ufkuna yükselebilmesidir. Hayat hepimizin önüne yalçın kayalıklar, yamaçlar koyar ve bizi geliştirmek yüceltmek ister. Bu yolu aşma azminde olanlar kararlı yürürlerken kemale erir. Zirveye varınca mesut ve hamd duygularıyla dolu olurlar. Çekirge oradan oraya zıplar ne bulursa karnını doyurur ve karşısına yüksek bir duvar çıkınca orada takılıp durur. Bülbül ise öyle midir? Bülbül güle sevdalıdır. Gülü arar, durur. Bahçelerde onu bulunca söyler en güzel nağmelerini. Nağmem olmadı hiç. Demek ki sevdalanamadım. Demek ki tıkalıydı bazı latifelerim veya doğru yola kanalize edemedim. Kendi yetilerimle arama talisizliğine düştüm. Oysa ki Rahman'dan isteseydim. O bir yol açardı bana. Hasılı kelam sizden şunu isteyeceğim" dedi.

İhtiyar adam konuşmasına devam edecekken ulu ağacın dallarında bir kıpırdanma oldu. Ağaç şöyle bir silkelendi ve dile geldi.

UMUT VAR

"Hey gençler! anlattığınız oduncu hikayesi beni ziyadesiyle düşündürdü"

Muzaffer ağaca baktı. Dün anlatmış olduğu oduncu hikayesinden bahsediyordu. Peki neden bu kadar zaman beklemişti?

Ulu ağaç "Biz ağaçlar su, gıdaları özümseyerek aldığımız gibi çevremizdeki konuşmaları da işitiriz. Nice oduncular şu aşağıda gördüğünüz vadide birçok meşe ağacını kestiler. Onların çığlıkları, ayrılışları yüreğimi yaraladı. İnsanoğluna yetecek kuru dal varken bu hırs ne diye? Daha fazla odun, daha fazla israf demek" dedi.

"Herkes kendince konuşmuştu. Havada kar havası vardı. Gök griydi. Gri renk beyaza dönüşebilirdi. Ercüment ve Muzaffer altın tepelerini kurtarmaya, ihtiyar adam ise yaşanmış pişmanlıklarla dolu hayatına kefaret olacak bir amel yapmayı istiyordu.

İhtiyar adam, vadide yeşerecek yeni filizleri görme hülyaları kuruyordu. Her biri kendince güzel bir işe bağlanmış, o işi gerçekleştirme çabasındaydı.

İhtiyar ve ağaç yılların yıpratmasına karşı bunu gerçekleştiremeyeceklerini hissediyorlardı.

İhtiyar adam "Sizden bir isteğim olacak. Bana ötelerin yolu gözüküyor. Sizden beni köyüme götürmenizi istesem" dedi.

Muzaffer ve Ercüment zaten gecikmişlerdi.

Ağaç "Sanırım hepinize bu konuda yardımcı olarak bir vazifeyi ifa etmiş olabilirim. Dostum kaya kartalı sizi istediğiniz yere götürebilir" dedi.

Muzaffer "İyi olur" deyince ağaç kartalı çağırdı.

İri kanatlarıyla birkaç kartal onları alarak havalanmaya başladılar. Bu sırada geç ordusundan birkaç askeri onları gördü. Kartallar gökte uçarken geç ordusunda borular çalıyor, ordu hareket etmeye başlıyordu. Ordunun arkasındaki birkaç tepeden sonra altın tepeleri vardı. Muzaffer tek başına bu ordu ile baş edemezdi. Yardım edecek birilerini bulması gerekiyordu.

İhtiyar adamı köyüne getirdiler. ihtiyar adam dünya gözüyle köyünü gördü. Bu sırada gökten lapa lapa kar yağmaya başladı.

İhtiyar Adam "Kahramanlık yaşarken yapılacak bir haslet benim gibi hayata veda edecekken değil. Durumum olsa olsa bir ibret vesikası olur" dedi.

İhtiyar adamı evine götürdüler. İhtiyar adam, iyi bir hayat yaşayamadığı için ömrünün son demlerinde köyünden ayrılarak yola koymuş iç dünyasında yapamadığı yolculuğu dış dünyasında gerçekleştirmeye çalışmak istemişti. Bu yolculuğu bedeni kaldıramadı. Yolda hastalanmıştı.

Muzaffer ve Ercüment onu ağacın olduğu tepede karşılaşmıştı. İhtiyar adam bir an düşündü. Öyle ya altın tepelerini kurtarmaya gidemeyecekti; ama gidenlere yardımcı olabilirdi. Bu yardım belki bir söz de olabilirdi.

ihtiyar adam Muzaffer'e "Genç adam umudunu yitirme. Kendi destanını yaz. Siz iyi bir iş için yola çıktınız" dedi.

Muzaffer'in o an aklında bir şey geldi. Toprak yiyen. Evet Toprak yiyenden destek alabilirdi. İhtiyar adamla vedalaşarak toprak yiyenin yanına gittiler. Toprak yiyene tabiattaki dengeyi bozmaya çalışanları anlattılar.

Toprak yiyenler dünyanın ekolojik dengesinin bozulmasından rahatsızlardı. Yardım etmeyi kabul ederek altın tepelerin etrafını kuşattılar. Geç ordusunun akıbeti altın tepelerine gübre olmak olacaktı.

Bazen kötü görünen hadiseler iyiliğin artmasına vesile olurdu. Kim bilir bu mücadelede de altın tepelerin inkişafına, boş tepeleri de yeşile donatmasına vesile olacaktı.

Mücadele devam ediyor. Tıpkı Dünyayı karanlığın, karanlığı da aydınlığı sarması gibi her birimizde hayatımızın altın dakikalarını ele geçirmek isteyen zaman yiyicilerle mücadele ediyoruz. Boş işlerden yüz çevirmemiz gerekiyor. Öte dünyaya ait işleri öne almamız, ertelememiz gerekiyor. Yoksa ihtiyar adamın yaşadığı pişmanlık akıbetine düşme tehlikesi bizi bekliyor vesselam.

KÖPRÜLER KURMAK

"Alo!"

"Alo!"

"Selam John. Şu an Houston' a doğru geliyorum. Türkiye' den aradılar. Misafirlerimiz var. Akşam yedi veya gece on bir gibi burada olacaklar. Misafir edebilir miyiz?"

"Elbette. Daniel. Ne demek?"

John ve Daniel, havaalanında panodaki "İstanbul arrived Houston" yazısını görünce yolcu giriş kapısına baktılar. Gözlerinin içi gülüyordu. Zira gelecek kişiyi çok seviyorlardı. O, güzel bir yola ait ışığı taşımıştı onlara...

Ve az sonra "Mehmet welcome" dediler. Normalde Türkçeyi çok iyi biliyorlardı. Welcome deyip akabinde "Hoş geldin. Safa getirdin" dediler. Mehmet'le kucaklaşıp, ellerini omuzuna vurdular. Türkler, samimi oldukları kişileri iyi karşılardı.

Mehmet "Arkadaşlar! Dostlar! Bir yerlere oturalım önce. Size anlatacaklarım var" dedi.

Daniel meraklandı. Mehmet'le birlikte banka oturdular. Hoşbeşten sonra Mehmet konuşmaya başladı:

"Kutuplar, bembeyaz kutuplar ve buz gibi suda yüzen aysbergler, devasa buz kütleleri..."

John ve Daniel, Mehmet' i hayretle dinlemeye devam ederken zihinlerinde anlatılanları hayal etmeye başladılar.

Mehmet "İşte böyle bir denizde buz kıran gemisi yol alıyordu. Amacı buzların arasından yol açmak. Buz kıran gemisi tabi ki ağır yol alır, çünkü önünde yeni bir yol açmaktadır. Peki bu kadar buz burada ne aramaktadır?" diye sordu.

John "Tabi ki Dünyanın iklim dengesi için kutuplar şart; çünkü rüzgarların oluşmasına vesile oluyor. Dünya evimizin kliması gibi kutuplar" dedi.

Daniel "Buz kıran gemisi biz miyiz?" diye sordu.

Mehmet "Umulur ki. Bazı insanlar buz kıran gemisi gibidir. Biz iki ayrı millet, iki ayrı dil olmamıza rağmen, aramızdaki buzları kırıp bir araya geldik" dedi.

Daniel "Elbette bu Yaradan' ın lütfu. Farklılıklarımız olsa da bir araya gelecek aramızdaki köprüleri görebilmeniz O' nun (cc) inayeti. İnsan olmak bir köprüdür. Bu gezegende yaşamak bir köprüdür" dedi.

Onlar birbirleriyle sohbet ederken havaalanında bir yapay çiçek vardı. Çiçek sadece gözlere yeşil bir bitki olarak görülsün diye oradaydı; ancak bu bir aldatmaydı. Göze görünen yeşil bitki gerçeğin kopyası olan sahte bir işti. Neden böyle bir iş yapılmıştı? Gerçek çiçek her gün bakım isterdi. Tembellikten yapaylık daha kolay geliyordu. Sulama yok. Budama yok.

Mehmet oturduğu yerden ayağa kalkıp tekrar oturdu.

John "Neden ayağa kalkıp tekrar oturdun?" diye sordu.

Mehmet "Hareket halinde olmak lazım. Durağanlıktan, dağınıklığını kurtulmamız lazım. Oturduğunuz yerde bile ayağa kalkın derler" dedi ve konuşmaya devam etti "Burada oturasım ve çevreyi izleyesim var. Bir baksanıza şu kadar insana. Herkes bir yerlere gidiyor. Kiminin elinde çanta kiminin ise sadece bilet. Demek ki herkes yolcu tıpkı bu Dünya gibi... Hepimizin yolcu olduğu kesin. Hiç durmadan büyüyoruz. Çocukluktan, gençliğe, yaşlılığa, kabre doğru yol alıyoruz" dedi.

John "Arkadaşlar! Gözlerim ağrıyor. Buradaki sağlık merkezine gidebilir miyiz?" dedi.

Birlikte havaalanı içindeki sağlık merkezine gittiler. Doktor John'un gözlerine ışık tuttu.

"Sanırım üzüldüğünüz bir şey var. Bu da gözlerinizin ağrımasına sebep oluyor" dedi.

John "Evet. Üzüntüm gözlerime vuruyor. Ne yapacağımı bilemiyorum? Dedi.

Mehmet "Buna üzüntü mü sebep oldu?"

Daniel "Bilmiyorum" dedi.

UMUT VAR

Mehmet "John neye üzüldün?" diye sordu.

"Fıtratım çabuk üzülüyorum. Havaalanındaki yapay çiçeği düşündüm. Neden bazen yapaylığı tercih ediyoruz. Şu dünyada gül gibi yaşayamıyoruz. Nacizane fikrim iç dünyamızı çok temizlememiz gerekiyor" dedi.

Mehmet "Söylediklerin doğru ama sadece bunun seni üzdüğünü düşünmüyorum. Başka şeyler de olmalı" dedi.

John, çevremdeki insanlar için çok dua ediyorum; ama eski inançlarında diretiyorlar. Oysa ki bendeki değişimi görüp çok mutlu olmuşlardı" dedi.

Mehmet "İnat, biraz çevreden ve yaşantının alışkanlık yapmasında kaynaklanıyor. İnsanların kalıplarını kırması bazen zor olabiliyor. İşte Hindistan'da kast sistemi hala devam ediyor. Afrika'daki açlık, fakirlikte hala sürüyor. Bunların düzelmesi için biz inanan kullara büyük gayret düşüyor" dedi.

John "Şu an gözlerim ağrıyor" dedi ve kapattı gözlerini.

Doktor onu hasta sedyesine aldı.

John'un tansiyonu da düşmüştü. John' a serum taktılar. Doktorun taktığı serum şişesinin içinde cümleler vardı. Hayalle gerçek bazen karışır, bu yazılar gibi. Hayalin içerisinde gerçeğe ait sözler olduğu gibi gerçeğin içerisinde de bazen hayallerimiz olabilir.

John' a güzel sözler iyi gelecekti. Serumun içerisindeki sözler John' un vücuduna doğru yol alıyordu. "Üzülme.." gibi teselli sözleriydi.

John' un göz ağrısını dindirecek tek şey güzel sözlerdi. John' un güzel söz duymaya çok ihtiyacı vardı.

John, gözlerini kapatıp, derin bir uykuya daldı.

Mehmet ve Daniel onun başında biraz beklediler. Sözler John' un kalbine yol aldılar. Kan pulcuklarının içerisinde yola devam ettiler.

John "Rahatlamam lazım" diye sayıklıyordu.

Mehmet ve Daniel onun için dua ettiler. Ambulans araçların yanındaki yoldan, uzaktaki binaların gözüktüğü kente doğru yol alıyordu.

Ambulansın içinde John' a müdahale ediyorlardı. John adeta ağzı biraz açık kalmış şekilde nefes alıp veriyordu. Mehmet ve Daniel üzgündü. John'un anlamadıkları bir şekilde hayatını kaybetme riski vardı.

Ambulans hastaneye doğru yol alırken Mehmet Şanlıurfa'daki bir hafta sonu gittiği Hazreti İbrahim (aleyhisselam'ın) doğduğu mağaranın yanındaki mescit aklına geldi.

İnananlar seher vakti toplanmış Yaradan'ın en güzel isimlerini söylüyorlardı. Kendisi de bu tablonun içerisinde yer almayı çok istemişti. Ona tabloda sadece halkayı izleyen olarak yer verilmişti.

Mehmet diliyle isimleri söylüyor. Kulağına topluluğun gürül gürül sesi geliyordu. Bir an ambulansın siren sesi hatıralarından uzaklaştırdı onu.

John' un üzüntüsü sağlığını çok etkilemiş, hayatı tehlikesi baş göstermişti. Kalp atışlarını gösteren cihazda kalp atışları sabit bir çizgi halini aldı. John ambulansın içinde son nefesini vererek hayata veda etti. Mehmet'in göz kapakları kapandı. Gerçekten de ne olduğunu anlamamışlardı. Ölüm, her an herkesin başına her yerde gelebilirdi.

Ertesi sabah John' u defnettiler. O güzel arkadaşları topraktaydı. Fani dünyadan bir güzel insan ayrılmıştı. Daniel üzgündü. Mehmet üzgündü.

DOLABIN AYNASI

Muhsin Bey, dolabın aynasına bakarak üstüne başına çeki düzen verdi. Her sabah işe gitmeden önce düzenli, tertipli olmaya çalışırdı. Muhsin Bey yalnız yaşıyordu. Aynanın karşısından ayrılarak, kapıya yöneldi. İşin ilginç tarafı kendisi fark etmese de aynadaki görüntü kendisinin kapıdan çıkmasını bekledi.

Muhsin Bey her gün ki rutin işleri yapmak için evin dış kapısından çıkınca aynadaki görüntü aynadan çıkarak odaya girdi. Aynadaki görüntü evin dış kapısına gelince şaşırdı. Yerde bir karartı vardı.

UMUT VAR

Aynadaki görüntü "Hey? Kim o?" diye sordu. Karartı geri döndü. Karartı yerden aynadaki örüntüye seslenerek "Muhsin beyin gölgesiyim" dedi.

Görüntü "Neden Muhsin Bey ile gitmedin?" diye sordu.

Muhsin Bey' in gölgesi bu soruyu işitince cevap verip vermemede tereddüt yaşadı.

Gölge "Muhsin Bey bugün yanında olmasam benim farkında olur mu? Aslında seninle konuşacak halim de yok. Anladığım kadarıyla sen biraz keyf etmeyi düşünüyorsun" dedi.

Görüntü "Yok canım nereden çıkardın? Ben de salona gidip biraz düşünmek..." cümlesini tamamlayamadı.

Görüntü zaten kolay kolay da muhatap olunca cümlelerini bitiremezdi.

Muhsin Bey' in görüntüsü gölgeye "Salona gidelim. İstersen parkta da dolaşabiliriz" dedi.

Gölge "Ama dikkat çekeriz" dedi.

Görüntü "Biz de dikkat çekmeyen yerde oluruz"

Gölge "Boş ver. Başımızı belaya sarmayalım. Otur evinde. Anlat bakalım. Derdin nedir?" diye sordu.

Gölge ve görüntü usulca salona geçtiler. Görüntü bir koltuğa uzandı. Gölge de diğer koltuğa...

Görüntü "Gölge, Muhsin Bey ölünce biteceğini biliyorsun değil mi?" diye sordu.

Gölge "Hiç düşünmemiştim" dedi.

Görüntü konuşmasına devam etti:

"Ben de olmayacağım" dedi.

Gölge "Biz Muhsin beyin bir parçasıyız. O açıdan üzülme" dedi.

Onlar konuşurken içeriye birden Muhsin Bey girdi. Rutin olan işler bugün anormal olmuştu.

Görüntü ve gölge şaşırmışlardı. Muhsin Bey birden salona girince görüntü ve gölgeyi gördü.

"Hey Siz de kimsiniz?" dedi.

Görüntü ve gölge "Biz senin parçanız" dediler.

Muhsin Bey üzgündü.

Muhsin Bey salona gelip koltuklardan birine oturdu.

"Aslında ben de sizin bir parçanızım. Hayat aynı ama bizler değişiyor, yaşlanıyor, yoruluyoruz. Kendimizi sürekli yenilenmemiz, yararlı olmamız gerekiyor. Bu durumda olduğu kadarıyla oluyor. Durun tahmin edeyim. Az önce benim ölümümü konuştunuz değil mi?" diye sordu.

Görüntü ve gölge baş salladılar.

Görüntü "Bunu tahmin edebilirsin. Tahminin doğru. Biz de senin her şeyini biliyoruz" dedi.

Muhsin Bey "Bu aralar üzerimde bir durgunluk var. Her şey o kadar karıştı ki. Sular ısınıyor, soğuyor, buhar oluyor, yağmur oluyor. Tıpkı bir su gibi bazen kızgın bazen serinlik veren halimin çaresini bulamıyorum. Sizleri görmem de iyi oldu. Biraz dertleştim. Akıbet endişesi taşıyorum. Haliyle yolda yürürken bilmeden çarptığım, incittiğim insanlar oldu. Zamanı hoyratça savurduğum oldu. Şimdilerde yaşım da ilerleyince bir muhasebe yapıyorum. Neler verildi? Neler alındı? Neticede çiftçi toprağa yatırım yapar, sular, gözü gibi bakar, tohumu atar, semere bekler veya arıcılıkla uğraşan bir arıcı arılarını gezdirir, petekleri kontrol eder. O da ürün bekler. İşte kendi hesabıma ailem iyiydi, imkanlarım vardı. Birçok güzellikler yaşadım; ancak ben de başkalarına bunları yaşatabildim mi?" dedi.

Muhsin Bey sustu. Görüntü ve gölge de sustu. Birbirlerine baktılar. Doğru ya şu alemde en önemli hediye, nimetlerden biride insan olarak yaratılma değil midir?

Muhsin Bey insan olarak yaratılmış. Bebekken ona anne babasını hizmet etmiş. Akrabaları ona yardımcı etmiş. Okumuş. Kitap bulabilmiş. Öğretmenler onunla ilgilenmiş. Hastalanınca hastaneye gidebilmiş. Birçok derdinin çözümünü bulabilmiş.

Görüntü "Bana müsaade. Ben aynama gideyim" diyerek sessizce veda etti.

Gölge Muhsin Bey'e bakarak usulca Muhsin Bey'e eklendi.

UMUT VAR

Muhsin Bey yine yalnız kalmıştı. Salonun batı ve Güney pencerelerinden ışık geliyordu. Uyumak iyi bir çözüm olabilirdi. Uyku bazen birçok derdi unutturuyordu.

Muhsin Bey geleceği daralmıştı. Her şey bir an belirsiz ve kapalı geldi, ona. İşte o daralma, sıkışma, karanlığın son noktasında Muhsin Bey'i tek şey rahatlattı. Tılsımlı kelimeler..

Muhsin Bey ayrı bir aleme gidip gelmişti. Görüntü onun şu anı, gölgesi mazisiydi. Ya gelecek? Geleceği aydınlatan tılsımlı kelimeler...

Muhsin Bey, yüzünü dönmüştü.

TAKSİ ŞOFÖRÜ

Yeni bir gün yine aynı yollardaydı, şoför Arif. İşte köşede kendisine el kaldıran bir adam. Arif, adamın eşyalarının olduğu valizi bagaja yerleştirdi.

Adamın adı Selim' di.

Selim "Havaalanına" dedi.

Arif, direksiyon başında havaalanına doğru yola koyuldular.

Selim "Amerika' ya gidiyorum. Zaten gidende dönmüyor, buralara" dedi.

Arif "Burası cennet gibi" dedi.

"Doğru. Haklısın. İş imkanı bulamadım"

"Umarım. Gittiğiniz yerde bulabilirsiniz"

"Ülkeme, insanlığa belki dışarıda yararlı olurum. Neticede önemli olan ışık, ilham kaynağı olabilmek" dedi.

Havaalanına yaklaşmışlardı. Uçakların iniş, kalkışları, pistteki yanıp sönen ışıklar derken devasa bir uçak geçti üzerlerinden.

Selim "Durabilir misiniz?" dedi.

Arif, aracı yolun kenarına park etti.

Selim dışarı çıkarak havaalanının dış duvarının kenarından gökyüzüne baktı.

İşte bir uçak daha geliyordu. Yanıp sönen ışıklar görüldü ve müthiş bir ses duyuldu.

Uçaklar nice insanları ulaşacakları yere götürüyordu.

Arif, uçakları ilme benzetti. Uçaklarda tıpkı ilim gibiydi. İlmi elde edende Dünya'daki amaçlarına, hedeflerine daha çabuk ulaşmıyor muydu? Portakal suyu istiyorsan meyve sıkacağında sık, hemen hazırdı. İşte televizyon! Çok uzaklardan hemen haberin olsun.

Arif, araçta bekledi Selim'i.

Selim, uçakları çok severdi. Oradan oraya uçaklarla gezsem Dünya' yı diye hayal ederdi.

UMUT VAR 39

Selim "Allah'ım! Senden yardım istiyorum. Daraldım, bunaldım. Hayatımda tıpkı bu göklerin karanlığı gibi. Ne olur beni doğru yola ilet, bana doğru yolu göster" dedi.

Çevrede yapıp sönen onlarca ışık kaynağı vardı. Selim, yeryüzünden havalanan ve havaalanına inen uçaklara bakıyordu. Arif ise bu durumu yadırgamıyordu. Arif "Yeryüzünde çeşit çeşit insan var. Benim görevim müşterimi gideceği yere kadar götürmektir" diye düşündü.

Arif, bu arada aynadan Selim'e baktı. Selim başını kaldırmış uçağa bakıyordu ki Arif pencereyi açarak:

"Bayım! Geç kalmıyor musunuz?" diye sordu.

"Nereye?"

"Uçağa"

Bu sırada Selim'in olduğu kaldırımda üstü başı perişan bir adam peyda oldu.

"Bayım! Allah rızası için bir sadaka verin" dedi.

İşte o an Selim şok oldu. Zira adamın gelişi kendisinin haline şükretmesini gerektirecek bir hadiseydi. Hani bir söz vardır: "Sendeki derdi nimet bilen var" Allah belki başka bir diyara giderek bir çıkış nasip etmişti. Ya bu derbeder adam, bir dilim ekmeğe muhtaçtı.

Arif. taksiden gariban adam ve Selim'e bakıp olanları anlamaya çalıştı.

Selim, taksinin bagajını açıp adama kıyafetlerinden verdi. Bir miktarda para verdi. Arif, taksiden inmiş, Selim'in yanına geldi.

Kıyafetleri alan adam "Allah razı olsun" diyerek oradan uzaklaştı.

Arif "Bayım! Siz ne yapıyorsunuz?" demek istedi; ama diyemedi.

Selim " Biliyorum. Şaşırdınız. Bu kadar sitemden sonra böyle bir şey yapmama. Kalbimi ve beynimin kortekslerini hep temiz tutmaya çalışırım. Başta söylediğim sözler biraz beklentiden kaynaklandı. Aslında beklentisiz yaşamam lazımdı. Yaşadığım hadiseler bana bunu öğretti.

Selim "Arif Bey! Biliyor musunuz? Üzülüyorum" dedi.

Arif "Neye?" diye sordu.

Selim "Zaman ve mekan olarak ayrı bir boyutta olacağım. Hayatımın bundan sonrası başka bir beldede olacak inşallah. Buradaki gibi göklerden yayılan ezanı duyamayacağım. Bu güzel insanların samimiyetini bulamayacağım oralarda. En çok üzüldüğümde böyle bir beldede nasıl nasipsiz kaldığımdır? Onlarca uçak indi, havalandı. Görüyorsun. Uzak diyarlara gittiler. Biliyorlar gittikleri yerlerde aydınlanmış yollar var. Nice uzak diyarlarda ışık veren mekanlar var. Keşke bende bir ışık tanesini olsaydım sözüyle, haliyle. Ne yapalım? Bu kadarmış. Umarım şu duyduğum ızdırap kefaret olur. Çok şey yapılabilirdi. İyilik yapan insanlara omuz verilebilirdi" dedi.

Uçaklar inip havalandılar, havaalanından. Arif ve Selim, tekrar araca binip havaalanına vardılar. Selim, Arif' e teşekkür ederek ona bir hediye paketi verdi.

Arif "Teşekkür ederim" dedi.

Selim, giriş kapısından giderek kayboldu.

Arif, havaalanının dışına giderek, Arif' in indiği yerde durdu ve paketi açtı.

Uçaklar inip, havalanıyordu.

Selim' in verdiği paketin süs kağıdının arasında bir kitap vardı. Kitabın sayfalarını çevirince "Taksi Şoförü" diye bir bölüm gördü. Zaman zaman aynı şeyleri iki defa yaşadığımız oluyordu. Yaşadığının kurgu mu? Gerçek mi? olduğunu bilemedi. Zaten bu anlatılanlar ancak hikayelerde olurdu. Bu da bir hikaye değil miydi? Herkesin anlatacak bir hikayesi vardır. Önemli olan hikayeden ders çıkarmaktır.

Selim, uçağa binmiş, gurbet ellere doğru havalanırken yeryüzüne baktı. Milyonlarca ışık vardı, karanlığı aydınlatan.

Aslında hepimizin, her birimizin hikayesinin birbirine benzer ve farklı oldukları yönler vardı. Bazen benzer duyguları, istekleri yaşarız. Kelimeleri, renkleri farklı olur.

Uçak, gecenin karanlığında süzülürken Arif kitabı kapattı; zaten hayat hikayesini yazıyordu. Ve bu hayatı ötelerde okuyacaktı. Arif, havaalanından uzaklaşırken gökyüzünde ise Selim yararlı olma isteğiyle

UMUT VAR

doluydu. Selim, Arifle olan yolculuğunun ona hayatına yeni bir sayfa açmaya vesile olacağını düşündü.

Biri rızkının peşinde bir taksi şoförü diğeri ise insanlığa yararlı olma yolcusu, hikayeleri yazılmaya devam etti. Kim bilir belki bir gün hayallerden gerçeğe uzanan bir köprü olur.

YENİ YIL

Thomas ve Jill, Nebraska'da yaşıyorlardı. Sonunda bekledikleri olmuş, yeni yılda lapa lapa kar yağmaya başlamıştı. Gecenin karanlığında yağan karı pencereden seyrettiler.

Thomas "Jill Biliyor musun?" Dünyanın en güçlü devletlerinden birinin vatandaşıyız. En güzel zamanları yaşıyoruz; ama yine de kalbimin derinliklerinde bir sızı var" dedi.

"Yaşamaya bak. Ne içersin?" dedi Jill.

Thomas "Tıpkı süslü kıyafetler gibi tatlı içecek yiyeceklerle kendimizi kandırıyoruz. Hatırlarsın meşhur yiyecek restoranında arkadaşım çalışma şartlarının kendisini çok yıprattığını söylemişti. Şu kesilen ağaca bak. Birkaç günlük keyfimiz için ağacı kesmeye değer miydi?" dedi.

"Yeni yılda bunları mı düşünüyorsun? Yaşamaya bak" dedi Jill.

Thomas "Sorun da bu işte. Fani dünyanın elemli lezzetleri bana tat vermiyor. İstersen arabayla bir şehri gezelim. Belki rahatlarız" dedi.

Jill "Evden çıkasım yok" dedi.

Thomas "Fani dünyanın tadını aldığın için onu terk edemiyorsun. Tıpkı insanın ölmek istememesi, bu Dünya' dan ayrılmak istememesi gibi. Bu dünyada çakır keyf yaşayan insanlar buradan ayrılmak istemezler" dedi.

Jill "Yeni yılda keyfimizi kaçırdın. Yeni yıla böyle mi girecektik. Felsefe, felsefe..." dedi.

Biraz sessizlik oldu. Evin köpeği Tobi birbirleriyle konuşan bu çifte baktı. O da şaşırmıştı.

Thomas yaşadığı bu daralma onu hakikate götürebilirdi. Jill; yaşamak, hayatın tadını çıkarmak istiyordu.

Jill, kanepeye gitti.

Jill "Peki ben de konuşayım o zaman. Ülkemizdeki evsizlerin hali, psikolojik problemler, depresyon hapı kullanan bu kadar insanımız varken yani kendi içimizde çözmemiz gereken problemler varken neden dışarıdaki sorunlara yöneliyoruz?" dedi.

UMUT VAR 43

Jill, televizyonu açtı. Ekran yüzünde beliren sunucu "Mutlu yeni yıllar! Yeni yıl heyecanı Dünya' yı sardı. Sydney, Pekin, İstanbul' da..." deyip haberleri sunmaya devam etti.

Thomas "Bence bir şeyler çöküyor. Ben bile yeni yılda bu haldeysem" dedi.

Jill "O senden dolayı değil. Bizi biz yapan değerler var. Biz yani sistemi kuranların en büyük kazancı herkesi kucaklamaktı. Farklı görüşlerin, düşüncelerin sisteme katkı sağlaması, beslemesi üzerine bir düzen vardı. Oysa ki falanın son konuşmalarında ayrıştırcılık, kubbede büyük bir çatlağın habercisi" dedi.

Jill, kocasının halini görünce üzüldü. Mutlu olmaları gereken bir günde, kocası felsefi, sosyolojik konuşmalar yapmıştı. Belli ki kocası bir makinenin kırılan parçası gibi parça kırıyordu. Kocası ne demişti "Şehri gezip, biraz hava alalım" Onu böyle görmektense gezmenin bir yararı olacağına inanıp dışarı çıkmayı teklif etti. Birlikte arabaya binip yola çıktılar. Tam garaj kapısından yola çıkmışlardaki polis arabası sirenlerini açarak onları durdurdu.

Polis "Mutlu yeni yıllar! Alkol testi yaptıracağız. Bu gece çok kaza oldu. Şu ana kadar yedi kişi öldü" dedi.

Thomas "Memur bey! Biz yola çıkmaktan vazgeçtik. Olur ya biri gelip bize çarpabilir" dedi.

Yolun karşı tarafındaki evin bahçesine bir araç hızla gelip ağaca çarptı. Herkesin bakışı oraya yöneldi. Polis hızla oraya koştuğunda şoför koltuğundaki adam cansız bir şekilde yere yığıldı. Adam ölmüştü. Polis telsizle durumu bildirirken Thomas ve Jill kazayı izlediler. İkisi de dehşete düşmüşlerdi. Öyle ya belki de polis kendilerini durdurmasaydı araçla çarpışabilirlerdi. Dışarısı hiç güvenli değildi. Polis aracının kırmızı mavi ışığı, çam ağaçlarının ışıkları karanlık sokağı ara ara aydınlatıyordu.

Jill, tv' deki haber sunucusu kadının gerçeği yansıtmadığını fark etti. Dışarıda acı dolu bir dünya varken yalandan kutlamalarla aldatılıyordu insan.

Jill "Bunlar çok üzücü" dedi. birlikte eve gittiler Bu sırada ambulans sesleri duyuldu. Ölü adamı öyle sedyeye koydular.

Thomas "Böyle bir anda insanı ne teskin edebilir ki? dedi.

Jill durgun bir haldeydi. Bunu hiç düşünmemişti. Öyle ya günler ne güzel geçiyordu. Nereden çıktı bu ölüm şimdi? Nereden çıktı bu beyne ızdırap veren düşünceler? Düşünmeden yaşayıp gitmişler meğer. Tıpkı bir çocuk aklı gibi. Çocuk sadece kendisini besleyen anne babayı görür. Onların kendisine neden hizmet ettiğini bilmez. Oysa iki kocaman insan bir bebeğe, çocuğa neden hayatlarını feda edercesine hizmet ederler? İşte bunu düşünmeyen çocuk gibiydi durumları.

Jill "Kendimi iyi hissetmiyorum. Birlikte Tanrıya dua edelim" dedi .

Thomas' la birlikte diz çöküp yerde Allah'a dua ettiler.

Jill "Tanrım! Verdiğin nimetler için sana şükran hisleriyle minnet ediyor ve teşekkür ediyoruz. Bize hayatı bahşeden, bu güzel gezegende yaşama imkanı veren sensin. Daraldığımızda kapısına vardığımız sensin" dedi.

Thomas "Ey gökleri, yeri ve evreni en güzel şekilde yaratan! Senin ilahi sanatlarını temaşa eden her kul sana hayranlığını gizleyemez. Bize her gün, yeni bir gün hediye eden Sensin. Allah'ım! Bizler hakikate susamış kullarınız. Gerçeği bulma konusunda bize yardımcı ol" dediler ve hüzünlendiler.

İçlerinden gelerek Yaratıcıya dua etmişlerdi. İkisi de bir ihsan bekliyorlardı. İnsan, ihsanın kölesiydi. Göze gelen bir parıltıya mı talip lerdi?

Thomas "Biliyor musun? Yaratıcıdan bir ihsan istedik. Aslında ona dua edebilmemiz bile onun gönderdiği bir lütuf değil midir?" dedi.

Thomas ve Jill, kalp ve ruhun derece hayatına çıkmışlardı. Farkında olmasalar da hayret makamında Marifetullah'ı müşahede ediyorlardı. Buna vesile de Thomas' un"Bu Gidiş Nereye?" sorgusunu yapmasaydı. Yangın varken ben nasıl hayattan zevk alabilirdim ki? haliydi.

Thomas sabahları yürüyüş parkına gider. Sağlıklı yaşam koşusu yapan insanları görürdü. Bu insanlar için sağlıklı olmak, daha uzun bir ömür demekti. Peki daha uzun bir ömrü insan niçin talep ederdi ki? O sırada telefon çaldı. Arayan Thomas'ın babasıydı.

Baba Michael "Oğlum az önce telefonuma bir mesaj geldi. Sizin sokakta bir trafik kazası olmuş" dedi.

"Evet. Baba bizim karşı komşunun bahçesine bir araç çarptı. Bir kişi öldü" dedi.

Babası "Oğlum kazayı yapan Senatör Albert' miş. Polis suikast düzenlenmiş olabileceği şüphesi üzerinde duruyor. Aracın fren ve balata sistemleriyle oynanmış" dedi.

Thomas "Şaşırtıcı senatöre neden suikast düzenlenmiş olabilirler ki?" sorusunu sordu.

Babası "Bilemiyorum. Umarım bu meçhul kalmaz, çözülür. Gece vakti sizi de rahatsız ettim. Sonra görüşelim" dedi.

Thomas "Tamam baba" deyip telefonu kapatıp olayı eşine anlattı.

Thomas kapıdan dışarı çıkıp sokağa geldi. Kaza yapan aracın bıraktığı yerde duruyordu. Gecenin karanlığı gidiyor, yavaş yavaş şafak söküyordu.

Thomas sokakta bıraktığı arabasını garaja getirecekti ki olay anı aklına geldi. Aracın hızla bahçeye gelişi, kaldırıma çıkışı.. Bunları düşünürken Tobi havlayıp yanına geldi ve aracın altına girerek ağzında bir cisimle çıktı.

Thomas'ın gözleri iri iri açıldı. Tobi'nin ağzında tuttuğu neydi? Tobi cismi kendisine getirdi. Thomas'ın eline aldığı cisim küçük bir çantaydı. Thomas etrafı kolaçan ederek hemen eve geldi.

Thomas "Jill, Tobi aracın altında bir cisim buldu" dedi.

Birlikte mini çantayı açınca içinden bir hard disk çıktı. Hard diski tv çıkış ünitesine bağladılar. Ekranda bir dosya belirdi. Dosyanın içindeki evrakları açtıklarında, bomboş sayfalarla karşılaştılar. Dosyaların birinde bir video vardı. Videoyu açtıklarında Hindistan ile ilgili görüntüler vardı. Hindistan'daki Ganj Nehri ve Muson yağmurlarını gösteriyordu.

Thomas "Boş kağıtlar ve Hindistan ne anlamı var?" diye sordu.

Jill "Boş kağıtlar neden sarı renkte? Çözemedim. Bir yazı şifresi konulmuş olabilir mi?" diye sordu.

"Olabilir" dedi, Thomas.

"Senatör Albert hakkında araştırma yapalım" dedi Jill.

"Senatör Albert 1967 Kaliforniya doğumlu. Kaliforniya' da çevre üzerindeki araştırmalarıyla tanınıyor. Daha yaşanabilir bir dünya için kentlerde ne tür düzenlemeler yapılması gerektiği ile ilgili meclise rapor hazırlamıştı" dedi Thomas.

Bu sırada günün ilk ışıkları doğdu.

Thomas "Epey yorulduk. Gözlerim kızardı, uykusuzluktan" dedi.

Thomas ve Jill istirahate çekildiler.

Birkaç saat sonra kapı çalındı.

Thomas, kapıya geldiğinde FBI görevlileri kapıdaydılar. Thomas, kapıyı açtığında yetkili:

"Bayım! Merhaba! Dünkü kaza ile ilgili birkaç sorumuz olacaktı" dedi.

Thomas "Buyurun" dedi.

FBI yetkilisi "Çevrenizde şüpheli bir şahıs gördünüz mü?" diye sordu.

Thomas "Hayır" dedi.

FBI birkaç soru daha sorup ayrıldı. Jill, aşağı kata inmişti.

Jill "Dosyaları ünlü harflerle arayalım. Belki bir bilgiye ulaşırız" dedi.

Elde edeceği bilgiler ölen senatöre mi? yoksa başka birine mi aitti? Dosyayı e harfi ile aramaya başladılar. Aman Allah'ım! Birkaç birçok cümle ortaya çıkmaya başladı. Metinleri okumaya başladılar. Endişeleniyorum... geleceğinden... önümde... İlerleyen... saat... aydınlatmak istiyorum... umutla...

Jill "Bu bir şiir gibi. Tünelin içinde ışığı gören insan gibi" dedi.

Albert' in sır dolu ölümündeki perde birçok faili meçhul gibi olacaktı. Nasıl ki barış yanlıları savaş çığırtkanlarını rahatsız eder. Nasıl ki sermayesini silah satışlarından çıkaranlar ve savaş ticareti yapanlar barışı tesis edenlerden rahatsız olur. Belki de bu sebeple bu hadiseler olmuştu.

UMUT VAR

Thomas ve Jill başka bir bilgiye ulaşamamışlardı. Elde ettikleri paketin kime ait olduğunu bulamadılar. Paketi evin bir köşesine koydular. Kim bilir belki de sahibi bir gün gelip kapıyı çaldığında ona vermeyi düşündüler.

Thomas "Bugün yeni yıl tatili istersen arabayla şehre gidelim" dedi.

Jill "Olur" dedi.

Birlikte arabaya binip markete gittiler. Markette yeni eşyalar alarak rahatlayacaklarını düşündüler. Bir kaç parça gıda maddesi, yoğurt, ekmek alıp tekrar araçlarına bindiler.

Araçta Thomas "İçimdeki boşluk yine belirdi. Kendimi daralmış hissediyorum" dedi.

Jill "Seni sadece maneviyat rahatlatıyor. İstersen kiliseye rahip ki John' un yanına gidelim" dedi.

Thomas yine kendinde değildi. Hayatının acı yüzü onu yıpratmış, bağışıklık sistemi çökmüştü. Thomas, kimselere gidip de derdini anlatamazdı. Bir insana derdini açmak onu rahatlatmıyordu. Jill ile yaptığı dua geldi aklına.

"Araçta dua etmek istiyorum. Eşlik eder misin? Birlikte Yaradan'a iltica edelim" dedi.

Jill "Tamam" dedi.

"Ey yüce Allah'ım! Ululardan ulu dergâhına yönelerek Sana yalvarıyoruz. Bize doğru yolu göster. Dünyayı karanlıklardan aydınlığa çıkardın gibi, yıldızları yarattığın gibi, hastaların tedavisi için şifalı otları yarattığın ve insanları da onları bulmaya sevk ettiğin gibi bizim bu daralan gönüllerimize genişlik ver" dedi.

Duadan sonra biraz sessiz kaldılar.

Jill "Biz aracın içerisinde karanlıkta olsak bile başka araçların far ışıkları bizim aracın içini aydınlattı. Doğru ışık, başka insanlarda olabilir" dedi.

Thomas "Cadde üzerinde Türklerin açtığı bir restoran var. Oraya gidip, inceleyelim. Onların yaşantılarında inançların emareleri mutlaka bir iz bırakmıştır" dedi.

Jill "Olur" dedi.

Thomas "Yaradan'ın eserlerinin bir güzelliği de birbirini seven ve Hayatın yükünü paylaşarak cennetin gölgesi dünyada kişinin cennetlerinden biri olan yuvayı kurdurmasıdır" dedi.

Birlikte cadde üzerindeki Türk restoranına gittiler. Restoranın giriş kapısını helal yazısı dikkatlerini çekti.

Jill "Ne kadar güzel kişinin yiyeceğini Tanrının istediği şekilde belirlemesi; Çünkü O bizi bizden daha iyi düşünür. Galaksimizde binlerce gezegen, taş parçaları var; ama o bizim için mavi gezegen Dünyayı yarattı. Hem yeryüzünü, hem gökyüzünü tezyin etti. Akan ırmaklar, meyvelerle dolu ağaçlar, pınarlar, bizi güneşin hararetinden koruyan bembeyaz bulutlar... saymakla bitmez nimetler yarattı" dedi.

Thomas "Sen yarattıkları taraftan sevilensin" dedi.

Türk restoranın duvarlarındaki bir çiçek ilgilerini çekti. Bu boydan boya bir lale resmiydi. Yerden göğe doğru uzanan bu çiçekte bir tılsım vardı. Etkilendiler. Masaya oturup çevreyi incelediler. Birkaç masada insanlar yemek yiyordu. Fonda bir müzik çalıyordu. Bu sözsüz bir müzikti. Burada bir farkındalık hissettiler.

Thomas" Burası diğer restoranlara pek benzemiyor. İçeride ayrı bir hava var. Temiz ve ferah bir yer. Tıpkı yeryüzündeki kırlar gibi temiz.. Bazı mekanlar ruhu besler. Manen insanların bir şeyler almasına ve kazanmasına vesile olur" dedi.

Jill "Ne yiyelim?" diye sordu.

Birlikte menüye baktılar. Menüde çeşit çeşit Türk yemekleri fotoğraflarıyla birlikte verilmişti.

Jill gelen garsona "Az mercimek çorbası alalım" dedi.

Thomas "Güzel olur" dedi.

Bu sırada içeri temiz ve güzel yüzlü üç arkadaş geldi. Thomas ve Jill' in yanındaki masaya oturdular. Masanın yanında bir akvaryum ve uzun ince bir gövdesi olan birkaç yapraklı bir ağaç vardı.

Adamların temiz siması ikisinin de dikkatlerini çekti. Bu temiz simaları, temiz elbiseler tamamlıyordu.

UMUT VAR

Thomas "Bu insanlarda bir farklılık var. İnsanın çevresinde bir aura yani enerji alanı vardır. bu insanlardan pozitif enerji alıyorum" dedi.

Üç arkadaş masada konuşmaya başladılar. Thomas ve Jill bir taraftan çorbaları içerlerken yan masadaki Türkçe konuşmaya kulak kabarttılar. Ne konuşulduğunu bilmiyorlardı. Konuşanlar tane tane konuşuyorlardı. Birazdan garson yan masaya üç az mercimek çorbası getirdi.

Thomas ve Jill, çorba gelen 3 Türk'e bakıyorlardı. Türkler ellerine kaşığı alıp çorbaya götürmüşlerdi ki İşte o an her şey durmuş gibiydi. İkisi de sırlı bir şeyler olacağını hissetti. Üç arkadaş kaşığı ağızlarına götürmeden önce besmele söylediler.

Thomas'ın kulağından gönlüne gitti adeta, karanlıkta doğan bir güneş gibi her şeyi aydınlatmıştı bu kelime.

Thomas susamış birinin bir bardak su istemesi gibi ayağa kalkıp yan masaya geldi.

"Merhaba! Bayım, sizden az önce söylediğiniz kelimeyi bir daha söylemenizi rica etsem" dedi.

Türkler tekrar söylediler. Thomas, bu kelimeyi çok sevmişti.

Thomas "Anlamı nedir?" diye sordu. Jill konuşmaları dinliyordu. O da içinde bir uyanış hissetti. Günlerdir aradıklarını bulmuşlardı. Sonunda besmele sırlarını açtı. Thomas ve Jill, onu arıyorlardı. Bulanlar da ancak arayanlardı.

Thomas ve Jill Türklerin yaptığı kısa bir sohbetten sonra son dini kabul ettiler. Boğazlarına giden restoran sahibini helal lokmaları vücutlarında hücrelere dönüşürken, geleceğin yapı taşları saatler, dakikalar, zamanlar ahiret yolcusu iki insana yeni bir yol kuruyordu.

Izdırap bir duadır.

SON SÖZ

Her hikaye bir yolculuktur; kimi zaman bireysel bir arayış, kimi zaman da insanlığın ortak değerlerini sorgulama çabası. **"Umut Var"** kitabı, bu yolculuğun bir rehberi olarak karşımıza çıkıyor. Sayfaları çevirdikçe yalnızca karakterlerin hayatlarına değil, aynı zamanda kendi iç dünyamıza da bir pencere açıyoruz.

Kitap boyunca umut, her hikayenin temel taşı olarak karşımıza çıkıyor. Kimi zaman bir mezar taşı önünde dökülen gözyaşlarında, kimi zaman bir uçakta başlayan maceranın gizeminde, kimi zaman ise geçmişin karanlık gölgeleriyle yüzleşirken yeniden doğan bir ruhun öyküsünde... Umut, karanlığın içinde yanan bir ışık gibi tüm hikayelere rehberlik ediyor.

Bu kitabı yazarken, insan ruhunun derinliklerinde saklanan duyguları ve düşünceleri kaleme almaya çalıştım. Hayatın karmaşıklığını, acı ve mutluluk arasındaki ince dengeyi ve her durumda ışığa yönelme çabasını anlatmayı hedefledim. Karakterlerimin mücadeleleri, her birimizin hayatında yaşadığı ya da yaşayacağı zorlukların bir yansımasıdır.

Hikayelerin her biri, farklı bir mesaj taşıyor; kimisi hayatın faniliğini hatırlatıyor, kimisi ise insanın ne kadar güçlü olabileceğini. Ancak her birinin ortak noktası, umudun daima var olduğuna olan inancımdır. Çünkü umut, yalnızca bir duygu değil, aynı zamanda insanı hayata bağlayan en güçlü iptir.

Siz değerli okuyucularımın, bu hikayelerde kendi yaşamınıza dair bir parça bulabileceğinizi umuyorum. Hayatın zorluklarına rağmen, içimizdeki ışığı kaybetmediğimiz sürece her şeyin üstesinden gelebileceğimizi hatırlamanız dileğiyle...

Unutmayın, her zaman bir umut vardır.

Serhat Bulut

2025

"Umut Var" Kitabında Geçen Anlamı Bilinmeyen Kelimeler ve Anlamları

Aşağıda, "Umut Var" kitabında yer alan ve anlamı daha az bilinen kelimeler alfabetik sıraya göre anlamlarıyla birlikte verilmiştir:

A
- **Alem**: Evren, dünya veya varlıkların tamamı.
- **Aramakla bulunmaz, bulanlar arayanlardır**: Tasavvufi bir deyim. Gerçek ve derin hakikatlere ancak sürekli arayış içinde olanların ulaşabileceğini ifade eder.

B
- **Bilinçaltı**: İnsan zihninin farkında olmadığı, ancak duygu ve davranışlarını etkileyen düşünce ve duyguların bulunduğu yer.

Ç
- **Çip**: Elektronik cihazlarda kullanılan, veri depolama ve işlem yapma işlevine sahip küçük bir parça.

D
- **Dirayet**: Zorluklar karşısında gösterilen kararlılık ve dayanıklılık.
- **Duyumsamak**: Sezmek, hissetmek veya farkına varmak.

E
- **Emare**: Bir durum veya olayın gerçekleşeceğine dair işaret, belirti.
- **Evrensel**: Bütün insanları veya dünyayı kapsayan; genel geçerliliği olan.

F
- **Fıtrat**: İnsanların doğuştan sahip olduğu, yaratılıştan gelen özellikler ve mizaç.
- **Fantastik**: Gerçek dışı, hayal gücüne dayalı.

H
- **Hikmet**: Bilgelik, olayların ve varlıkların ardındaki derin anlamı ve amacı anlama bilgisi.
- **Hissi-kablel-vuku**: Önsezi, bir olay gerçekleşmeden önce o olayın olacağını hissetme durumu.

İ
- **İnkişaf**: Açığa çıkma, gelişme, ilerleme.
- **İnşirah**: Ruhsal rahatlama, ferahlık bulma.
K
- **Kefaret**: Günahların veya hataların affedilmesi için yapılan iyilik veya ibadet.
- **Kısırdöngü**: Tekrar eden, çözüm üretmeyen bir durum.

M
- **Meçhul**: Bilinmeyen, tanımlanamayan.
- **Muhasebe**: Kişinin kendisiyle yüzleşmesi veya hesaplaşması; düşünce ve duygularını değerlendirme süreci.
N
- **Nispeten**: Karşılaştırmalı olarak, bir duruma göre daha az ya da daha çok.
- **Nükte**: İnce anlam içeren, zekice söylenmiş söz veya espri.
R
- **Rehavet**: Gevşeklik, uyuşukluk; hareketsizlik hali.
- **Riyaset**: Liderlik, yöneticilik.
S
- **Sefahat**: Aşırı zevk ve eğlenceye düşkünlük; ölçüsüz bir yaşam tarzı.
- **Sükunet**: Sessizlik, sakinlik, huzur.
T
- **Tevazu**: Alçakgönüllülük, kendini büyük görmeme.
- **Tefekkür**: Düşünme, derinlemesine inceleme ve anlama çabası.
U
- **Ulvi**: Yüce, manevi olarak çok yüksek.
- **Uyanış**: Ruhsal veya zihinsel farkındalık hali.
Y
- **Yadsımak**: İnkar etmek, kabul etmemek.

- **Yarenlik**: Arkadaşlık, dostluk.

"Umut Var" Kitabı İçin Dizin

Aşağıda, kitabın içerdiği hikayeler, karakterler, temalar ve önemli olaylar ile ilgili oluşturulan dizin yer almaktadır. Dizin, kitabın ana unsurlarını kolayca bulabilmeniz ve içerikte gezinmenizi kolaylaştırmak için hazırlanmıştır.

A

- **Aydınlık**: Umudu ve kurtuluşu temsil eder; hikayelerin ana metaforlarından biri.
- **Altın Tepeler**: "Işık Kılıçlı Adam" hikayesinde geçen kutsal ve korunması gereken bölge.
- **Arayış**: Her hikayede farklı biçimlerde işlenen, insanın hayatındaki temel arayışların simgesi.

B

- **Barış**: "Normal" hikayesinin ana teması; savaş sonrası yeniden huzuru bulma çabası.
- **Böcek**: "Havada Elli Dakika" hikayesindeki teknolojik bir cihaz; hikayenin önemli bir unsuru.

C

- **Çip**: Fikret Usta'nın bedenine yerleştirilmiş, bilgi taşıyan cihaz. "Havada Elli Dakika" hikayesinde önemli bir rol oynar.

D

- **Daima Aramak**: Kitabın ilk hikayesi; Jason ve Rebecca'nın hayata anlam katma çabasını anlatır.
- **Diriliş**: Ruhsal veya fiziksel yeniden doğuş; özellikle Jason ve Rebecca'nın hikayesinde vurgulanır.
- **Dolabın Aynası**: Muhsin Bey'in hikayesidir; insanın kendiyle yüzleşmesini ve hayatın geçiciliğini konu alır.

E

- **Ercüment**: "Işık Kılıçlı Adam" hikayesinin genç kahramanı; masumiyet ve cesaretin simgesi.

F

- **Fikret Usta**: "Havada Elli Dakika" hikayesinin baş karakteri; gizemli ve bilge bir kişi.

G
- **Geç Ordusu**: "Işık Kılıçlı Adam" hikayesinde kötülüğü temsil eden düşman birlik.
- **Gölge**: İnsanların geçmişleri ve içsel çatışmalarıyla ilgili metaforik bir unsur.

H
- **Havada Elli Dakika**: Uçakta geçen ve gizemli olaylarla dolu hikaye. Fikret Usta'nın mücadelesine odaklanır.
- **Hikmet**: Olayların derin anlamlarını keşfetme; kitabın genelinde sıkça işlenen bir tema.

I
- **Işık**: Umudu ve kurtuluşu simgeler; "Işık Kılıçlı Adam" hikayesinin ana metaforlarından biridir.
- **Işık Kılıçlı Adam**: Fantastik bir hikaye; Muzaffer ve Ercüment'in iyilik için verdiği mücadeleyi konu alır.

J

- **Jason**: "Daima Aramak" hikayesinin kahramanı; ruhsal arayış ve anlam bulma çabasıyla öne çıkar.

K

- **Karanlık**: Hikayelerde kötülük ve umutsuzluğu simgeler. Çoğu hikayede aydınlıkla mücadele içindedir.

- **Köprüler Kurmak**: İnsanlar arasındaki barış ve dostluğu konu alan hikaye. Mehmet, John ve Daniel'in farklı kültürler arasında kurduğu bağı işler.

M

- **Mehmet**: "Köprüler Kurmak" hikayesindeki karakter; dostluk ve evrensel değerleri temsil eder.
- **Muzaffer**: "Işık Kılıçlı Adam" hikayesinin bilge lideri.

N

- **Normal**: II. Dünya Savaşı sonrası insanların içsel huzuru ve düzeni bulma çabasını konu alan hikaye.

R

- **Rebecca**: "Daima Aramak" hikayesinin Jason'ın hayatındaki önemli karakteri; sevgi ve kaybın simgesi.
- **Rüya**: Karakterlerin bilinçaltından gelen mesajları ilettiği bir araç; özellikle Ercüment'in hikayesinde önemli bir rol oynar.

T

- **Toprak Yiyen**: "Işık Kılıçlı Adam" hikayesindeki fantastik yaratık; ekolojik dengenin sembolüdür.

U

UMUT VAR

- **Umut**: Kitabın ana teması; her hikayede farklı bir biçimde işlenir. Zorluklar karşısında insanın en güçlü dayanağıdır.

Y

- **Yolculuk**: Fiziksel ve ruhsal anlamda hikayelerin temel unsurlarından biridir. Karakterlerin kendilerini ve hayatın anlamını keşfetme sürecini temsil eder.

Bu dizin, kitabın ana hikayelerine, karakterlerine ve temalarına hızlı bir şekilde ulaşmanızı sağlayacak şekilde hazırlanmıştır.

"Umut Var" Kitabının Edebi Değerlendirmesi

"Umut Var" kitabı, edebi açıdan derinlikli ve anlam yüklü bir eser. Hikayeler, insan ruhunun farklı katmanlarını işlerken, yaşamın zorlukları karşısında umudu bulma temasını merkeze alıyor. Farklı tarzlarda yazılmış öykülerden oluşan bu kitap, hem içsel bir yolculuk hem de evrensel insani değerleri sorgulayan bir yapıya sahip.

Temalar ve İçerik

Kitabın ana teması, insanın umudu her koşulda nasıl koruyabileceği üzerine kuruludur. Bu tema, her hikayede farklı bir biçimde ele alınıyor:

- **"Daima Aramak"**, modern insanın manevi boşluğunu ve arayışını işler.
- **"Normal"**, savaşın bıraktığı travmayı ve barışın önemini vurgular.
- **"Havada Elli Dakika"**, gerilim ve gizemle harmanlanmış bir mücadele hikayesi sunar.
- **"Işık Kılıçlı Adam"**, fantastik bir evrende iyilik ve kötülük arasındaki mücadeleyi işlerken evrensel mesajlar verir.

- **"Köprüler Kurmak"**, kültürler arası bağların ve dostluğun gücünü anlatır.
- **"Dolabın Aynası"**, bireyin geçmişiyle yüzleşmesi ve kendini bulma sürecine odaklanır.

Karakterler
Her hikayede derinlemesine işlenmiş karakterler bulunuyor. Jason, Rebecca, Fikret Usta, Muzaffer ve Ercüment gibi isimler, insan tabiatının farklı yönlerini temsil ediyor. Bu karakterler, okuyucuyu kendi yaşamlarına dair bir şeyler bulmaya davet ediyor.

Dil ve Üslup
Kitabın dili akıcı, sade ama bir o kadar da etkileyici. Yazar, duygusal derinliği ve felsefi sorgulamaları başarılı bir şekilde harmanlamış. Özellikle metaforların ve betimlemelerin zenginliği, okuyucunun hikayelere bağlanmasını sağlıyor. Fantastik hikayelerde kullanılan dil, gerçeklik ile hayal dünyası arasındaki geçişi ustaca yansıtıyor.

Edebi Güç ve Anlam Derinliği
"Umut Var", bireysel mücadeleleri ve evrensel değerleri aynı potada eritiyor. Her hikaye, okuyucuyu hem düşündürüyor hem de duygusal bir bağ kurmasına olanak tanıyor. Umut teması, insanlık tarihinde en temel duygulardan biri olduğu için, bu kitap da evrensel bir mesaj taşıyor.

Eleştirel Bakış
Eser, tematik olarak güçlü olsa da bazı hikayelerde olay örgüsü daha derinlemesine işlenebilirdi. Örneğin, "Havada Elli Dakika" hikayesindeki gerilim unsuru, daha detaylı bir arka planla güçlendirilebilirdi.

Sonuç
"Umut Var", güçlü teması, etkileyici karakterleri ve zengin diliyle edebi bir başarı olarak değerlendirilebilir. Kitap, sadece okuyucunun keyifle okuyacağı bir hikaye derlemesi değil, aynı zamanda insana dair

derin bir keşif sunuyor. Yazarın umuda dair verdiği mesaj, kitabı bitirdikten sonra bile okuyucunun zihninde ve kalbinde iz bırakıyor.

Bu eser, edebiyat severler için hem duygusal hem de düşünsel bir yolculuk vaat ediyor.

"Umut Var" Kitabı İçin Rehber

Bu rehber, "Umut Var" kitabının içeriğini derinlemesine anlamak, hikayeler arasındaki bağlantıları keşfetmek ve okuyuculara farklı bir perspektif sunmak amacıyla hazırlanmıştır. Her hikayeye dair özetler, analizler, sorular ve ek bilgilerle zenginleştirilmiştir.

Giriş

Kitabın ana teması, insanın hayatın zorluklarıyla mücadelesinde en büyük dayanağı olan umut. Farklı karakterlerin hikayeleri aracılığıyla, bireysel ve evrensel umut arayışlarını ele alıyor. Kitap boyunca umut, insanın karanlık anlardan aydınlığa çıkışını sağlayan bir rehber olarak karşımıza çıkıyor.

1. Hikaye: Daima Aramak

Konu:

Jason ve Rebecca, modern hayatın içinde maddi anlamda her şeye sahip olmalarına rağmen, içsel huzuru bulamayan bir çiftin hikayesi. Bir yolculukla başlayan bu serüven, kayıplar ve ruhsal bir uyanışla son buluyor.

Temalar:
- İçsel huzur ve mutluluğun anlamı.
- Kayıp ve yeniden doğuş.
- Ruhsal yolculuk ve Tanrı'ya yöneliş.

Soru-Cevap:

1. Jason'ın içsel huzursuzluğunun temel nedeni neydi?
2. Rebecca'nın desteği, hikayenin ilerleyişini nasıl etkiledi?
3. Hikayenin sonunda Jason için umut nasıl yeniden şekilleniyor?

2. Hikaye: Normal
Konu:
II. Dünya Savaşı'nın ardından travma yaşayan John ve arkadaşı Steve'in barış ve sevgiyi yeniden bulma çabası.
Temalar:
- Savaşın insan ruhuna etkisi.
- Barışın önemi ve nefretin aşılması.
- Toplumsal değişim ve bireysel pişmanlık.

Soru-Cevap:
1. John'un torununa verdiği tepkiler, onun içsel çatışmasını nasıl yansıtıyor?
2. Barışa yönelme çabaları hikayede nasıl işleniyor?
3. Bu hikaye, günümüz dünyasına hangi mesajları veriyor?

3. Hikaye: Havada Elli Dakika
Konu:
Bir uçakta geçen bu hikaye, gazeteci Naci Bey ve Fikret Usta'nın karıştığı gizemli olayları anlatıyor. Çip, uluslararası bir komployu çözmenin anahtarı haline geliyor.
Temalar:
- Cesaret ve sorumluluk.
- Gizem ve keşif.
- İnsanlık için fedakarlık.
Soru-Cevap:
1. Fikret Usta'nın karakteri, hikayenin genel tonuna nasıl yön veriyor?
2. Çipte saklı bilgilerin sembolik anlamı nedir?
3. Hikaye, bireysel bir mücadeleden daha geniş bir mesaj sunuyor mu?

4. Hikaye: Işık Kılıçlı Adam
Konu:
Muzaffer ve Ercüment'in fantastik bir dünyada kötülüğe karşı verdikleri mücadeleyi anlatır. Altın Tepeler' in korunması, iyilik ve kötülük arasındaki mücadeleye bağlıdır.
Temalar:
- Karanlık ve aydınlık arasındaki savaş.
- Umut ve cesaretin gücü.
- Ekolojik denge ve sorumluluk.
Soru-Cevap:
1. Muzaffer ve Ercüment arasındaki ilişki hikayenin akışını nasıl etkiliyor?
2. Karanlık ve ışık metaforları hikayede nasıl kullanılıyor?
3. Fantastik bir dünyada anlatılan hikaye, gerçek dünyaya nasıl bağlanabilir?

5. Hikaye: Köprüler Kurmak
Konu:
Farklı kültürlerden John, Daniel ve Mehmet'in dostluk üzerinden kurduğu hikaye, insanlığın evrensel değerlerini ele alır.
Temalar:
- Kültürler arası dostluk.
- İnsanlık değerleri ve birlik.
- Bireysel farklılıkların zenginliği.
Soru-Cevap:
1. Mehmet'in anlattığı buz kıran gemisi metaforu ne anlama geliyor?
2. Yapay çiçek örneği, hikayenin genel mesajını nasıl destekliyor?
3. Bu hikaye, günümüz dünyasında hangi değerleri yüceltiyor?

6. Hikaye: Dolabın Aynası
Konu:
Muhsin Bey'in kendi yansımasıyla yüzleşmesini konu alan bu hikaye, insanın kendi geçmişi ve iç dünyasıyla hesaplaşmasını ele alır.
Temalar:
- Kendini keşfetme.
- Geçmişle yüzleşme.
- Hayatın geçiciliği.
Soru-Cevap:
1. Aynadaki görüntü, Muhsin Bey'in iç dünyasını nasıl yansıtıyor?
2. Hikaye, insanlara ne gibi dersler veriyor?
3. Bu hikaye, bireyin kendiyle yüzleşme sürecini nasıl ele alıyor?

Kitabın Genel Değerlendirmesi
Ana Mesaj:

UMUT VAR

Her zorlukta bir umut vardır. Umut, insanın karanlık anlardan çıkışını sağlayan en güçlü dayanağıdır.

Okuyucuya Sorular:
1. Kitaptaki hangi hikaye sizi en çok etkiledi ve neden?
2. Umut kavramını kendi yaşamınızda nasıl tanımlarsınız?
3. Kitabın ana temasıyla günümüz dünyası arasında nasıl bir bağlantı kuruyorsunuz?

Bu rehber, "Umut Var" kitabını hem bireysel hem de grup tartışmaları için daha derinlemesine anlamayı sağlar. Her hikayenin teması ve mesajı üzerine düşünme fırsatı sunar.

İçindekiler
1. **Önsöz** 2
2. **Daima Aramak** 4
3. **Normal** 12
4. **Havada Elli Dakika** 18
5. **Işık Kılıçlı Adam** 34
6. **Köprüler Kurmak** 48
7. **Dolabın Aynası** 54
8. **Taksi Şoförü** 59
9. **Yeni Yıl** 65
8. **Son Söz: Umut Daima Vardır** 70

Did you love *Umut Var*? Then you should read *Küçük Basketbolcu*[1] by Serdar ÇALIŞKAN!

[2]

"Küçük Basketbolcu", hayatın karmaşıklığı içinde basit güzellikleri arayan bir adamın içsel yolculuğunu anlatıyor. Basketbol sahalarından felsefi derinliklere uzanan bir yolculukta, Murat adlı karakterimiz; aile bağları, dostluk, varoluşun anlamı ve insanın kendiyle mücadelesi gibi evrensel temalara değiniyor.

Roman, gerçekçi yaşam sahneleri ve fantastik öğeleri bir araya getirerek okuru sürükleyici bir anlatıya davet ediyor. Uçan bir gemiden konuşan bir suya, rüyaların derinliklerinden hayatın sıradan anlarına kadar uzanan geniş bir yelpazede olaylar ve karakterler yer alıyor.

---

1. https://books2read.com/u/3Reazp
2. https://books2read.com/u/3Reazp